《乐府诗集》里的故事

韩　萌 编著

全国百佳图书出版单位
时代出版传媒股份有限公司
黄　山　书　社

图书在版编目(CIP)数据

《乐府诗集》里的故事 / 韩萌编著. — 合肥：黄山书社，2015.7
（古典新读·第2辑，中国古代的诗书意趣）
ISBN 978-7-5461-5142-7

Ⅰ. ①乐… Ⅱ. ①韩… Ⅲ. ①乐府诗-诗集-中国-古代 Ⅳ. ①I222.6

中国版本图书馆CIP数据核字（2015）第176567号

《乐府诗集》里的故事
YUEFUSHIJI LI DE GUSHI
韩萌 编著

出品人 任耕耘
总策划 任耕耘 蒋一谈
执行策划 马 磊 钟 鸣
项目总监 马 磊 高 杨
内容总监 毛白鸽
编辑统筹 张月阳 王 新
责任编辑 刘 春
图文编辑 王 屏
装帧设计 李 娜 李 晶
图片统筹 DuTo Time
出版发行 时代出版传媒股份有限公司（http://www.press-mart.com）
黄山书社（http://www.hspress.cn）
地址邮编 安徽省合肥市蜀山区翡翠路1118号出版传媒广场7层 230071
印 刷 安徽联众印刷有限公司
版 次 2015年10月第1版
印 次 2015年10月第1次印刷
开 本 710mm×875mm 1/32
字 数 127千
印 张 5.25
书 号 ISBN 978-7-5461-5142-7
定 价 26.00元

服务热线 0551-63533706
销售热线 0551-63533761
官方直营书店（http://hsssbook.taobao.com）

前言

“乐府”，最初指的是古代掌管音乐的官府，负责搜集、整理民间歌谣，创作新声乐调。根据班固《汉书》等史籍的记载，一般认为乐府是从西汉武帝时期开始设立的。但 1977 年在秦始皇陵附近出土了刻有秦篆“乐府”二字的编钟，意味着秦代可能就已有乐府设立。儒家认为“乐者，天地之和也”，音乐不仅能够表达人心中的哀怨情仇，而且有教化人伦风俗的功能，因此受到历代统治者的重视。秦汉时期设立乐府的目的，主要是制礼作乐以及采诗观风。所以，当时乐府所掌管的诗歌基本可以分为两类：一类专供朝廷祭祀宴飨所用，一类是从全国各地民间采集而来的俗乐。到了魏晋时期，人们把“乐府”这个官方机构采集、创作的歌诗也称为“乐府”，或称“乐府诗”，“乐府”一词变为一种诗歌体裁的名

称，成为一种新的文学样式。

南朝以至隋唐时期，许多文人借乐府的题目和形式来创作诗歌，并不谱曲调，后来这类诗歌也归入乐府诗的范畴。著名的如李白的《将进酒》《蜀道难》，高适的《燕歌行》，这类借用旧有乐府题目所写的作品被称为“古题乐府”；而如杜甫的《兵车行》、白居易的《新丰折臂翁》这类自制新题的作品被称为“新乐府”。乐府诗最大的优势就是形式比较自由，不受格律的严格限制，在内容表达上有更大的空间。

宋代的郭茂倩搜集整理了自汉代至唐代的乐府诗歌，编辑成现存最为完备的乐府总集——《乐府诗集》。书中共收诗歌 5000 多首，分为郊庙歌辞、燕射歌辞、鼓吹曲辞、横吹曲辞、相和歌辞、清商曲辞、舞曲歌辞、琴曲歌辞、杂曲歌辞、近代曲辞、杂歌谣辞和新乐府辞 12 大类，其中又分若干小类。这些乐府诗中，最有价值的要数“可以观风俗，知薄厚”的俗乐民歌，“感于哀乐，缘事而发”，具有极高的艺术价值和感染力。但流传下来的汉代乐府民歌较少，只有四十多篇，主要保存在《乐府诗集》的“相和”“鼓吹”“杂曲”三类中。进入南北朝后，乐府民歌有了很鲜明的地域色彩，南朝民歌多书写男女情感，温婉且热烈，北朝民歌受少数民族影响，多慷慨激昂。

本书共选取乐府作品 50 余篇，以汉代乐府民歌作品为主，同时也收录了一些南北朝时期的民歌及知名的文人乐府作品，以情感表达与人文诉求为核心，分别从不同的内容主题切入，与大家共同阅读、分享乐府民歌中所歌唱的喜乐与悲伤、情爱与怨恨。希望与读者从这些充满魅力的诗句中，倾听那些淹没在历史深处的故事与情感，在古人的故事中找到久违的感动。

目录

爱情与婚姻

民生与命运

军旅与战争

伤时与感怀

爱情与婚姻

自古以来，爱情对于女人来说是生命中最重要的事情之一，爱情诗中的女子往往楚楚动人。乐府民歌中也有很多表现当时女性情感的作品，或痴、或怨、或哀、或乐。在那些礼教束缚、个体生存不易的古老年月里，用生命咏唱的情歌显得越发的动人心弦。

有所思

有所思，乃在大海南。何用问遗君？
双珠玳瑁簪，用玉绍缭之。
闻君有他心，拉杂摧烧之。
摧烧之，当风扬其灰。
从今以往，勿复相思。相思与君绝！
鸡鸣狗吠，兄嫂当知之。
妃呼狶，秋风肃肃晨风飔，东方须臾高知之。

这首《有所思》是汉乐府的郊祀歌“铙歌十八曲”之一，而郭茂倩将“铙歌十八曲”整体收入《乐府诗集》的“鼓吹曲辞”之中。“铙歌”本是“建威扬德，劝士讽敌”的军中之乐，不过流传至今的“十八曲”中内容庞杂，不仅有叙战阵、表武功的诗歌，也有记祥瑞、写爱情的作品。本篇就是以第一人称，表现了一位女子在遭恋人背叛时那种既愤怒又矛盾的心理状态：

在茫茫人海中有一个我所思慕的爱人，他远在大海之南。我要送给他什么东西作为我们感情的信物呢？用玳瑁做一个发簪吧，在发簪两端各悬一颗珍珠，再用美玉作为装饰，让这美丽的发簪寄托我的心意。但是听说他有了别的爱人，我准备送他的发簪变成了一个“美丽”的笑话！我要折断它、砸碎它、捣毁它、焚烧它，让飞灰在风中飘散！从今以后，我对他不要再有任何的思念，就这样恩断义绝吧。想起当初我们幽会的时候，鸡鸣狗吠的，哥哥嫂嫂一定都知道了吧？唉，听到屋外秋风声里鸟儿飞鸣。希望天亮的时候，我能想好到底该怎么做了。

爱情中的背叛并不是新鲜的事情，但每一次它带给沉溺其中的女子的伤痛都是最深刻的。这首诗用爱情信物玳瑁发簪为线索，通过赠发簪与毁发簪，表现了女主人公的爱与恨，决绝与不忍。她在选择礼物、装饰发簪时，情调缠绵悱恻，体现出热恋中的女人心中浓厚的相思。而当她听说爱人已倾心他人，柔情瞬间转变为恨的力量，将象征爱的信物彻底摧毁烧掉，迎风扬其灰烬，一连串动作干脆利落；又誓言“从今以往，勿复相思”，这是何等的激愤与决绝。

可是，当她从最初的怒火中逐渐冷静下来之后，欲断不能的矛盾开始显现出来。她回忆起过去与情人私下幽会，不免风吹草动，兄嫂已经知道，而今一旦断绝，将如何交代？而且旧日私会的柔情蜜意，也勾起心

女陶俑（汉）

中“剪不断、理还乱”的缕缕情思，使她依依难舍。女主人公思来想去，一夜无眠，忍不住在阵阵秋风中发出悲叹，只待早晨太阳升起，希望自己知道该如何解决这一难题。全诗感情大起大落，其中遭遇背叛时的冲动与决绝，现代人读来丝毫不会觉得陌生。

上 邪

上邪！
我欲与君相知，长命无绝衰。
山无陵，江水为竭，
冬雷震震，夏雨雪，
天地合，乃敢与君绝！

《上邪》也是汉代“铙歌十八曲”之一，属《乐府诗集》中的“鼓吹曲辞”。

这是一首盟誓诗，诗中的女子为了表达她对情人忠贞不渝的感情，指天发誓，指地为证，要永远和情人相爱。第一句“上邪（yé）”就直呼上天，向冥冥苍天立誓：“我想要和你相亲相爱，让这份爱长久延续永不衰竭。”为了证实自己的矢志不渝，她接连举出五种自然界不可能出现的异象，“除非山峰变平，江水都枯竭，冬天响

夏圭《长江万里图》【局部】（宋）

雷，夏天下雪，天与地都合在一起，才敢与你相思断绝！”女子用来发誓的事件可以说一件比一件离奇，不可思议，这些根本不可能出现的自然现象都被她当做“与君绝”的条件，表达了“与君绝”是绝对不可能的。明知生命有限，誓言却直指永恒；明知世事无常，誓言却坚持确认不变。这誓言显然不同于男子花前月下的甜言蜜语，而是一位女子内心对爱的坚守与执着，是面对各种可能的现实考验时对爱的笃定与信仰。《上邪》的诗句长短错杂，音节缓急交替，情感跌宕起伏，后世读者仿佛可以透过明快的诗句，听到女子急促热烈的呼吸声。难怪清代文人胡应麟评论这首诗说：“《上邪》言情，短章中神品！”

爱是有排他性的，恋人之间强烈的占有欲会让他们在面对分离、诱惑等考验的时候倍感煎熬，而这些誓言与那些曾经的美好瞬间，则是支持他们渡过磨难的信念。上天在中国人的传统观念中，不仅是一种物质的抽象，更是地位最高的主宰之神。向至高无上的天起誓，向最信仰敬畏的神起誓，让天来见证这变化无常的人世中最坚贞不渝的情感，应该是那个时候的人能够想象到的、最庄重最严肃的承诺方式了。“上邪”这两个代表神圣的文字，让“我欲与君相

知”的情话具备了咒语的力量，让爱情的浪漫变成了坚守的责任。人们愿意相信，这对渴望相守的有情人能够在上天的眷顾下相亲相爱、携手到老。

《上邪》对后世的影响很大。唐代敦煌曲子词中有一首《菩萨蛮》，在内容和表现手法上就明显受到它的影响：

枕前发尽千般愿，要休且待青山烂。
水面上秤锤浮，直待黄河彻底枯。
白日参辰现，北斗回南面，
休即未能休，且待三更见日头。

江 南

江南可采莲，莲叶何田田。
鱼戏莲叶间。鱼戏莲叶东，
鱼戏莲叶西，鱼戏莲叶南，
鱼戏莲叶北。

这首诗选自《乐府诗集·相和歌辞》，描写了青年男女在采莲时观赏鱼戏莲叶的情景。《乐府解题》云：“《江南》，古辞，盖美芳晨丽景，嬉游得时也。”古代诗歌中的“莲”字还有一个特殊的含义，“莲”和“怜”同音，因此经常用以表示“怜爱”之意。

诗歌描绘了这样一个意境：夏天的江南，荷塘里的莲叶挺秀茂密，叶片大而饱满，层层叠叠覆盖水面，几乎看不到水色，叶间还有朵朵莲花，在一大片绿色中显得格外娇艳。水中还有许多鱼儿在莲叶之间穿梭游动，像是在相互嬉戏。这时，采莲的姑娘划着小船来到莲叶深处。田田的莲叶纷纷东躲西避，让出了行船的水道，也

莲叶何田田

泄露了底下悠游的鱼儿的行踪。年轻的男女一边采莲，一边唱着欢快的歌谣：“看鱼儿在莲叶东，那鱼儿在莲叶西，鱼儿在莲叶南，鱼儿在莲叶北！”莲花深处四面传来此起彼伏的歌唱和嬉笑，听不清是哪个姑娘在调笑玩闹，也许是一对情人在莲叶深处互许心愿。

这首诗歌特别简明易懂，读起来连类排比很有音乐性。虽然诗中没有丰富的情节和生动的故事，但依旧让人能够展开想象，在歌声中演绎出江南采莲时节年轻男女蓬勃的活力与激情。后四句使用了古代歌谣常用的排比和嵌字相结合的手法，写出了鱼儿在水中灵活穿梭，飘忽不定的情景。近代文人闻一多认为《江南》是男女相悦之诗，以鱼象征男性，以莲花象征女性，鱼围绕着莲花穿梭游走，忽东忽西，正是男性对于女性的取悦与追求。这是一首简单的歌，却又蕴含着许多说不清道不明的情愫，少男少女最热烈的情感与最纯真的爱慕，在鱼与水的互动中体现得淋漓尽致。江南可采莲，亦即江南可采“怜”，温婉贞洁的江南少女像摇曳待放的莲花一样，娇艳多姿，等待少年热情浪漫的追求。在劳动的间隙，少男少女用目光相互追随，用歌声互表心愿，其实这样的传统早已有之。“爰采唐矣，沬之乡矣。云谁之思，美孟姜矣。期我乎桑中，要我乎上宫，送我乎淇之上矣。”《诗经》中的这首情诗歌唱的不也是两情相悦的青年男女，在桑林中、淇水畔牵手、散步、谈天、唱歌，潇洒挥霍着这最美丽的青春时光么。

齐白石《荷花小鱼图》

陌上桑

日出东南隅，照我秦氏楼。秦氏有好女，自名为罗敷。罗敷喜蚕桑，采桑城南隅。青丝为笼系，桂枝为笼钩。头上倭堕髻，耳中明月珠。缃绮为下裙，紫绮为上襦。行者见罗敷，下担捋髭须。少年见罗敷，脱帽著帩头。耕者忘其犁，锄者忘其锄。来归相怒怨，但坐观罗敷。

使君从南来，五马立踟蹰。使君遣吏往，问是谁家姝？“秦氏有好女，自名为罗敷。”“罗敷年几何？”“二十尚不足，十五颇有余。”使君谢罗敷：“宁可共载不？”罗敷前置词：“使君一何愚！使君自有妇，罗敷自有夫。”

“东方千余骑，夫婿居上头。何用识夫婿？白马从骊驹。青丝系马尾，黄金络马头。腰中鹿卢剑，可值千万余。十五府小吏，二十朝大夫。三十侍中郎，四十专城居。为人洁白皙，鬑鬑颇有须。盈盈公府步，冉冉府中趋。坐中数千人，皆言夫婿殊。”

这首《陌上桑》是汉乐府中的名篇，在《乐府诗集》中收入“相和歌辞”。此诗最早著录于《宋书·乐志》，名为《艳歌罗敷行》；在南朝徐陵所编的诗歌总集《玉台新咏》中，又题为《日出东南隅行》。郭茂倩在《乐府诗集》沿用的是晋人崔豹在《古今注》中提到的《陌上桑》。“陌上桑”指的是大路边的桑林，也就是故事发生的场所。

古代男女分工以男耕女织为主，“女织”除了纺织刺绣以外，也包括采桑养蚕。桑林位于野外，林地比较宽敞，桑叶茂密繁盛，又可起到很好的遮蔽作用，所以在男女大防还不很严厉的时代，桑林实是极好的幽会场所。在这里，谁知道发生过多少浪漫的故事！在《诗经》里的爱情诗中桑林便不断出现，比如有名的《桑中》，写的就是男女幽会：“期我乎桑中，要我乎上宫，送我乎淇之上矣！”从那时起，桑林已经有了特殊的象征意味。

《陌上桑》的故事也发生在桑林中，故事的女主人公名叫罗敷，是秦家的女子，算得上地方上大户人家的女儿。每当阳春三月日上梢头的时候，罗敷都会来到城南的桑林采桑叶。她带着精致的提篮，上面装饰着用黑丝线做成的络绳，手里用来钩桑枝、挑竹篮的笼钩是用桂树枝做的。这个女子是如此才貌出众：头上梳着最流行的发髻，耳上坠着明珠耳环，穿着浅黄色花纹的丝绸下裙，紫色缎子的短袄。路上的行人看到罗敷，不自觉地放下担子、捋着胡子欣赏罗敷的美丽；青涩的少年看到罗敷，马上摘下帽子整理头巾，想要引起罗敷的注意；田里的农夫也被罗敷的倩影吸引，都停下了手中的工作：耕地的忘记了自己在犁地，锄地的忘记了自己在锄地，农活没有干完，只好彼此抱怨。在这一段中，作者并没有特意去描写罗敷的相貌，只是简单交代了罗敷高贵大气的衣着装饰。罗敷之美是通过旁观者的反应来体现的。行者、少年、耕者、锄者，所有见到罗敷的人不由自主地都被罗敷的美貌吸引、折服，喜爱她、欣赏她是一种必然。人们见到罗敷时的各种失态的行为虽然惹人发笑，却表现了人们对于美丽事物发自内心的欣赏。

一天，一位太守从南边乘车路过，也注意到了美丽的罗敷，就命侍从停下马车。太守派了一个小吏过去，打听她是谁家的姑娘。小吏回报说："是镇子上秦家的姑娘，名字叫做秦罗敷。"太守又问："这个罗敷多大年纪？"回报说："她二十岁还不到，但已经过了十五岁。"太守于是走过去对罗敷说："你愿意同我一起乘坐马车么？"罗敷看出了太守的用心，上前斥责太守道："使君你是多么的愚蠢！你已经有了妻室，我也是嫁了夫婿的，你的邀请实在有失礼仪。"

接着，罗敷开始夸赞自己的丈夫："我的丈夫在东边做官，出行时的随从

明人《千秋绝艳图》中的罗敷像

《元曲选》中的《秋胡戏妻》插图

人马有一千多，都很敬重他，他总是排在最前头的。哪一个是我的丈夫呢？就是那个骑着白马后面跟随着两匹黑马的大官。他骑的马在马尾上拴着青丝，马的笼头是用黄金做成的，腰里佩着价值上千上万的鹿卢宝剑。他十五岁在太守府里做小吏，二十岁就在朝廷里做大夫了，三十岁的时候做了宫廷的侍卫官，四十岁就做了太守，成了一城之主。他为官清廉，留着显得成熟干练的胡子。他从来都遵法守礼，走着轻缓的方步从容地出入官府。官府集会的时候，在座的有好几千人，都夸赞我的丈夫出色。”

《陌上桑》的故事其实早在西汉刘向的《列女传》中就有原型。书中记载，鲁国人秋胡娶妻五日后就离开了家，到外地去做官，五年后当上了大官才回家。他在快到家时看到一个美妇人在路旁采桑，便下车调戏她，却遭到了采桑女的断然拒绝。回家后，秋胡与妻子相见，才发现原来就是那个采桑女。妻子鄙夷丈夫的所作所为，羞愤之下竟投河而死。在汉乐府中有《秋胡行》这一诗题，就是后人有感于这一传说而作。而《陌上桑》的故事一般认为就是直接从《秋胡行》演化而来的，不同的是，秋胡的故事最终以悲剧结束；《陌上桑》以喜剧结束。《陌上桑》中，作者花了大量笔墨描摹罗敷的美貌，以及周围人对她的爱慕，使她在轻松的气氛中显得更为可爱。这个年轻、美丽、高贵、富有、幸福、聪慧、坚贞的姑娘，几乎寄托着民间对好女人的全部想象。

饮马长城窟行

青青河畔草，绵绵思远道。
远道不可思，宿昔梦见之。
梦见在我傍，忽觉在他乡。
他乡各异县，展转不相见。
枯桑知天风，海水知天寒。
入门各自媚，谁肯相为言！
客从远方来，遗我双鲤鱼。
呼儿烹鲤鱼，中有尺素书。
长跪读素书，书中竟何如？
上言加餐饭，下言长相忆。

《饮马长城窟行》是汉代乐府古题。相传古长城边有水窟，可供饮马，曲名由此而来。这首诗在《文选》载为“古辞”，不署作

者，而在《玉台新咏》中署名为东汉末年文学家蔡邕所作，后世颇有争议。

《饮马长城窟行》是一首思妇怀人诗，表现了与丈夫别离的女主人公在家中“独守”的悲苦和对丈夫的思念。社会的动荡，让男子不得不漂泊在外，无法与妻子长相厮守。女主人公走在河边，看到河畔茂盛的青草绵延向远方，就如同她的思念一样绵绵不断。她不能对远在外乡的丈夫终日思念，但在梦里很快就能见到他。在梦中，他好像就在自己身边，猛地醒过来才想起他还在远方，只好黯然神伤。丈夫在各处奔波漂泊，行踪不定，连音信都时有时无，更不要说见一面了。枯朽的桑树即便没有叶子也能感受得到风吹，海水即便不结冰也是知道气候严寒的，漂泊在外的丈夫即便见不到自己，难道就感受不到她对他的思念么？看到邻家有丈夫归来时夫妻的亲昵，心里不禁会有丝丝的抱怨，竟没有人愿意帮带一些消息给他！就这样一直没有音信，心已经快要开始绝望，要对自己的记忆有所怀疑了。这个时候，突然有位客人从远方来到，送来了装有绢帛书信的鲤鱼形木盒。赶紧呼唤僮仆打开木盒，其中有用素帛写的信。取出里面的书信，恭恭敬敬地跪坐着打开细读。丈夫在信中嘱

咐我要好好吃饭，保重身体，照顾好自己，还说经常会想念两人在一起的时光。

诗歌从思念写到收到书信，从痛苦绝望写到惊喜激动再写到失望平静，情绪没有产生剧烈的波动，却显得自然而不突兀，显然作者在构思和剪裁上是下足了功夫的。尤其以梦境为中心内容的前八句，形式结构相当有特色：每句协韵，两句一转，前一韵的末句与后一韵的首句，词语相同重叠，环环相扣，逐层推进。这种联绵顶真的用法，在后世发展成为独特的“辘轳体”。表达上的精妙，是为了更好地表现思想内容，这种相思的感受如人饮水冷暖自知，即便是那个被相思的对象也是不能完全的感同身受的。但在那个时代，战乱与动荡造成的家人离散很多时候是不可避免的，天灾与人祸的两相作用让底层的民众不得不面对分离。在这样的不得已下，即便思念是让人绝望难以承受的，但日子总要过下去。“上言加餐饭，下言长相忆”，这样简单的几句真切的关怀也就足够感动了。情感的交流，并不只是靠甜言蜜语海誓山盟，生活细节的关注与分享才更加真挚温暖。所以，即便这封盼了很久才盼到的书信真的只有这两行字，也足够给予女主人公坚持的希望了。诗歌停顿到这里，留下空白让读者去填补、去想象，恰到好处又余味无穷。

艳歌何尝行

飞来双白鹄，乃从西北来。
十十五五，罗列成行。
妻卒被病，行不能相随。
五里一反顾，六里一徘徊。
吾欲衔汝去，口噤不能开；
吾欲负汝去，毛羽何摧颓。
乐哉新相知，忧来生别离，
踟蹰顾群侣，泪下不自知。
念与君离别，气结不能言，
各各重自爱，道远归还难。
妾当守空房，闭门下重关。
若生当相见，亡者会黄泉。
今日乐相乐，延年万岁期。

双飞的天鹅（图片提供：微图）

这首诗属于汉乐府古辞，最早出现在《宋书·乐志》中，属于大曲；而在《乐府诗集》收入“相和歌辞·瑟调曲”中，诗题又作《飞鹄行》。鹄，就是今天所说的天鹅。本诗借白鹄之口表达了人间夫妻生离死别的感情。《玉台新咏》中有古乐府《双白鹄》，与本诗内容相近。

双飞的白鹄鸟从西北而来，向东南飞去，罗列成行，比翼齐飞。突然，一只雌鹄因疲累而病倒了，无法再与爱侣相伴相随。雄鹄不舍分离，频频回顾，行五里一回头，走六里一徘徊。雄鹄对雌鹄说：“我想要衔着你一起飞，但嘴巴太小无法张开；我想要背着你一起走，但羽毛无法负重，已经折损颓坏，实在是心有余而力不足，无可奈何。我们当初的邂逅是那么的欢乐，如何能想到如今要生离死别？环顾四周的同伴都成双成对，我们却要憾恨相别，泪水忍不住倾泻下来。”

病中的雌鸟回答道：“想到就要跟你分离，一口气郁结在胸口无法言语。从今以后我们都要各自珍重，这样的远行归期难料，也许就将是一辈子的分离。即便这样，我们的情意也不会被冲淡。我一定在这里紧紧关着门，锁上两重锁，等着你回来重聚。只要我们还活着，就一定有再相聚的一天，即使我不幸亡故，也会在黄泉边等你。”

相恋相顾的雌雄白鹄就是人间的恩爱夫妻形象，艰难痛苦的诀别寄寓了夫妻离别之悲。诗中拟人化的描写和代言式的描写相互映衬，把一种离别情表达得如泣如诉，低回曲折，哀婉动人。借着禽鸟或者其他动物的口吻来讲故事，这在《诗经》中就已经出现，可见古代民歌在表现手法上的灵活与生动。

白头吟

皑如山上雪，皎若云间月。
闻君有两意，故来相决绝。
今日斗酒会，明旦沟水头。
躞蹀御沟上，沟水东西流。
凄凄复凄凄，嫁娶不须啼。
愿得一心人，白头不相离。
竹竿何袅袅，鱼尾何簁簁。
男儿重意气，何用钱刀为！

《白头吟》也是汉乐府古辞，最早见于《玉台新咏》，题目叫《皑如山上雪》。白头吟，听起来像是一首相守到白头的歌谣。但郭茂倩在《乐府诗集》中却解释为："白头吟，疾人相知，以新闻旧，不能至于白首，故以为名。"原来《白头吟》吟咏的并不是

皑如山上雪

执手到老的坚贞爱情，反而是白头厮守的困难，内容与题目自成反讽，意味深长。相对于《有所思》中的年轻女子，《白头吟》中的女主人公似乎更理智、隐忍，但也意味着把更深的伤痛留给自己独自舔舐。

诗歌从女主人公的回忆写起，想起与爱人过去一起共度的美好时光，就像山上的雪那样纯洁，又像云间的月那样皎洁明亮。二人信誓旦旦，约定相守终生。可是听说爱人对自己的情感发生了改变，所以特来诀别。今天置酒一杯，就是最后的聚会，明早两人就在沟边分手。以后自己就会一个人在御沟边缓步而行，沟水东流不返，就像两人的感情逝去不会再来。又有女子要出嫁了，哭得凄凄惨惨，其实出嫁不须啼哭，只要嫁得一心相守的爱人，白头到老，那就好了。男女情投意合就该像钓竿那样轻细柔长，像鱼儿那样活泼可爱。男子汉应当以情意为重，失去了真诚的爱情，是任何钱财也无法补偿的啊！女主人公最后的这句感慨，也道出了这出情感悲剧发生的真实原因，这个男子为了财富地位，抛弃了旧爱，攀上了新人。

从商周时期的《诗经》到汉魏时期，描写弃妇形象的诗歌不在少数，但是这首《白头吟》中的女主人公却表现出与众不同的个性。她重视感情的纯洁，追求爱情的专一。当得知爱人用情不专后，她既没有委曲求全，也没有疯狂的诅咒和软弱的悲哭，而是把痛苦埋在心底，冷静而温和地与负心人置酒告别，表现出一种少见的气度和尊严，令人可敬可叹。

有人认为这首《白头吟》是西汉时的才女卓文君的诗作，背后还有一段故事。卓文君是汉武帝时蜀地富商卓王孙的女儿，不仅美丽非凡，而且有文采，通音律。她出嫁没几年丈夫就死了，只好回娘家孀居。在此期间，她与文人司马相如相识，进而相爱，相约私奔。因生计艰难，二人曾经开设酒坊，文君当垆卖酒，传为佳话。后来，司马相如在长安以一篇《上林赋》获得汉武帝的赞赏，得到高官厚禄。卓文君年老色衰之时，司马相如想纳一位茂陵女子为妾，卓文君就写下了这篇流传千古的《白头吟》。司马相如读后大为感动，想起昔日的恩爱，放弃了纳妾的念头。后世研究者一般认为这是附会之说，《白头吟》来自古代民歌，但是这个故事却为这首诗带来了更多的传奇色彩。

卓文君画像

怨歌行

新裂齐纨素，鲜洁如霜雪。
裁为合欢扇，团团似明月。
出入君怀袖，动摇微风发。
常恐秋节至，凉飙夺炎热。
弃捐箧笥中，恩情中道绝。

这首《怨歌行》是汉乐府古辞，最初见于南朝的《昭明文选》和《玉台新咏》。《乐府诗集》将其收入“相和歌辞·楚调曲”。

这首诗表面咏扇，实际是以扇喻人。从织机上新裁下来的一块齐国出产的丝绢，就像霜雪一样皎洁无暇，把它做成一把合欢花纹的纨扇，就像满月一样浑圆而精美。在炎热的夏日，扇子总能派上用场，能够经常出入人们袖中，轻轻摇起的微风能够给人带来舒适与凉爽。即便这样，扇子还是会时常担心，当秋天来临的时候，凉爽的秋风吹走炎炎燥热，美丽的纨扇便会被弃置在箱子里。无论扇

唐寅《秋风纨扇图》（明）

子是否艳丽依然，无论当初如何的备受宠爱，那些曾经的恩情都会就此断绝。人的遭遇与团扇并没有太大的不同，总会有那么一天会被抛弃在一边，不再被喜爱。

作者以团扇为喻，写出了古代宫中女子忧惧失宠的心理，十分贴切自然。钟嵘在《诗品》中评论道：“《团扇》短章，辞旨清捷，怨深文绮，得匹妇之致。”而在这首诗之后，后代诗词中的“团扇”几乎成为红颜薄命、佳人失时的象征。

这首《怨歌行》在古代一般认为是汉成帝的宠妃班婕妤所作。

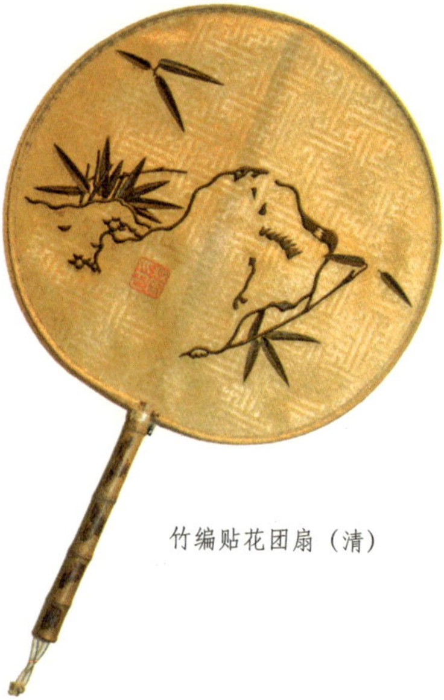

竹编贴花团扇（清）

《玉台新咏》还有一则小序，说：“昔汉成帝班婕妤失宠，供养于长信宫，乃作赋自伤，并为怨诗一首。”班婕妤是西汉名将班况的女儿，不仅相貌美艳，而且有才学，擅诗赋，一入宫就受到汉成帝的宠爱。汉时皇帝在宫苑巡游，常乘坐一种豪华的车子，称为“辇”。汉成帝命人特制一辆较大的辇车，以便与班婕妤同车出游、形影不离。但是班婕妤却谢绝了皇帝的好意，她说，古代贤君出行都有名臣在侧，而夏桀、商纣、周幽王这些亡国之君才有嬖幸的妃子时刻陪伴，所以自己不能和皇帝同车进出。汉成帝只好作罢。班婕妤的贤德还得到了王太后的赞赏。然而，大概也正是因为班婕妤的贤德守礼，让成帝在遇到年轻、热情、妖娆的女子时，便移情别恋了。后来，汉成帝迷恋容貌绝美而且舞姿轻盈的赵飞燕、赵合德姐妹，班婕妤失去了宠爱，甚至受到排挤、陷害，只好自请往长信宫侍奉太后，把自己置于太后的羽翼之下，寂寞地了却余生。她作诗赋自伤悼，感到自己仿佛秋天被弃的扇子，至于是哪个女子醉卧在君王床榻，与她不再有任何关系。

冉冉孤生竹

冉冉孤生竹，结根泰山阿。
与君为新婚，菟丝附女萝。
菟丝生有时，夫妇会有宜。
千里远结婚，悠悠隔山陂。
思君令人老，轩车来何迟！
伤彼蕙兰花，含英扬光辉；
过时而不采，将随秋草萎。
君亮执高节，贱妾亦何为？

《冉冉孤生竹》是汉代《古诗十九首》之一，《乐府诗集》收入“杂曲歌辞”之中。《古诗十九首》是南朝梁萧统从传世无名氏《古诗》中选录十九首编入《昭明文选》而成，属于在汉代民歌基础上发展起来的文人五言诗。

这首诗表现的是一个女子新婚后与丈夫久别而产生的愁怨，也有人说女子与男方是已经订婚而尚未成婚，所以盼望男方早来迎娶。诗中说，我就像那荒野里孤生的竹子，希望能在大山谷里找到依靠。我与你相亲新婚，犹如菟丝附在女萝之上一样。菟丝有繁盛的时候，也有枯萎的时候，夫妻也应长相厮守。我离家千里来与你结为婚配，你却离我远赴他乡。相思之苦催人老去，而夫君乘坐的轩车为何久久不来！可叹那美丽的蕙花和兰花正在盛开，姿色娇艳，光彩照人。早到了可以采摘的时候，你却还不归来采撷，错过了花期只能随着秋草凋谢枯萎。想必你信守高节，一定会忠贞不渝，我又何必感叹哀愁呢。

盛开的蕙兰（图片提供：FOTOE）

女主人公将自己比作孤生的野竹和菟丝，在诗中一再倾诉自己对男子的思念，并且以兰蕙作比，希望男方趁早来迎娶，不要错过了自己的青春时光。这难免令人想起唐代女诗人杜秋娘在《金缕衣》中的名句："花开堪折直须折，莫待无花空折枝。"诗人将爱情视为生命最重要的一部分，而爱情最美好的时光就是青春盛时。爱情、青春，像花一样美好，又像花一样容易枯萎凋谢。诗人以女子的口吻写出了自己对青春、时间和爱情的感叹。

迢迢牵牛星

迢迢牵牛星，皎皎河汉女。
纤纤擢素手，札札弄机杼。
终日不成章，泣涕零如雨。
河汉清且浅，相去复几许！
盈盈一水间，脉脉不得语。

《迢迢牵牛星》是汉代《古诗十九首》之一，《乐府诗集》收入“杂曲歌辞”之中。这首诗借牛郎、织女被银河相隔而不得相见的神话传说，表达在爱情遭受挫折时的痛苦和忧伤。

诗中写道，看那银河两旁的牵牛星和织女星，是那样的遥远，又是那样的明亮。织女纤细白皙的双手整日操织机织着布，发出札札的声音，却一整天也织不成一段布，思念爱人的眼泪如同下雨般零落。这银河看起来又清又浅，两岸相隔又能有多远呢？虽然只隔着一条清浅的银河，但他们却只能相互深情地凝视，无法交谈。

绣“牛郎织女”图案兜肚（清）

牵牛和织女本都是星宿的名称，关于牵牛和织女的记载最早出现在《诗经·小雅》中，而在曹丕的《燕歌行》和曹植的《洛神赋》《九咏》里，牵牛和织女已成为神仙和夫妇了。《燕歌行》中有“牵牛织女遥相望，尔独何辜限河梁？”《九咏》注中说：“牵牛为夫，织女为妇。织女、牵牛之星，各处河鼓之旁，七月七日，乃得一会。”织女纯洁美丽，勤劳聪慧，对爱情坚贞不渝，这样美好的女子却无法得到美好的爱情，与爱人仅仅一水之隔，终变成永久的遗恨。“脉脉不得语”，其中蕴含着几多情意，几多愁怨，几多忠言，无法传达，只能默默忍受相思之苦。此诗产生的年代正是社会大动荡的时期，男子经常被征发服役，夫妻分别、家庭破裂的悲剧经常发生，这对当时的女子造成了极大的痛苦。离愁别恨成为她们生活的基调，而夫妇团聚就成了她们最大的向往。

上山采蘼芜

上山采蘼芜，下山逢故夫。
长跪问故夫：“新人复何如？”
“新人虽言好，未若故人姝。
颜色类相似，手爪不相如。”
“新人从门入，故人从阁去。”
“新人工织缣，故人工织素。
织缣日一匹，织素五丈余。
将缣来比素，新人不如故。”

《上山采蘼芜》是一首汉乐府民歌，在《乐府诗集》中并未收录，只作为一首“古诗”见于徐陵所编的《玉台新咏》。这首诗描写的是一对曾经是夫妻的男女在离异后再次狭路相逢的场景。这个并不特别寻常的场景，为人们提供了很多关于那个时代平民百姓婚姻、家庭生活的信息。

故事的女主人公上山去采蘼芜草，在下山的路上恰好遇到了以前

“纺织”画像石拓片（汉）

的丈夫。从“故夫”一词，读者可以知道“采蘼芜”的女子是一名弃妇。而古人认为佩蘼芜可以使妇人多子，女子本已遭弃，而现在上山采摘，暗示她已经再婚。女子向男子施了跪拜礼后，问起一些近来的状况。她此时心中最无法释怀的，当然是那个代替了她的女人。“你新娶的媳妇怎么样？”女子不由自主地问起了这个最酸楚的问题。男子倒是诚实得很，说：“新媳妇虽说也不错，但总归是比不上你的。样貌虽然与你不相上下，但干起活来就不如你了。”女子这时大概也哭笑不得了，说道：“你当初把新媳妇从正门迎娶进去，而我只能从偏门离开，现在却讲这样的话。”男人接着说：“新媳妇只会织粗厚的缣帛，不像你更擅长织造细密的素绢。新媳妇一天只能织出一匹来，你却能织出五丈还多，这样子比较起来，新媳妇还是不如你啊。”

如何应对与旧爱重逢的场面，大概是古今男女共同的难题，尤其是对始乱终弃的负心人，甩一个耳光、泼一杯酒大概都不是好的选择。在两汉魏晋时代，封建夫权至上，男人喜新厌旧，想要离弃糟糠之妻，可以随便找个什么理由，而女子被休弃却总是难免会蒙受恶名的。诗中通过“故夫”之口将弃妇与“新人”作比较，说明弃妇不仅灵巧而且能干，洗刷了弃妇蒙受的恶名，而弃妇被弃的无辜与哀怨也分明可见。对于男人来说，貌美又能干的故人是自己抛弃的，失去她之后才深切认识到她的价值，可惜已经晚了。

孔雀东南飞

序曰：汉末建安中，庐江府小吏焦仲卿妻刘氏，为仲卿母所遣，自誓不嫁。其家逼之，乃投水而死。仲卿闻之，亦自缢于庭树。时人伤之，为诗云尔。

孔雀东南飞，五里一徘徊。“十三能织素，十四学裁衣，十五弹箜篌，十六诵诗书，十七为君妇，心中常苦悲。君既为府吏，守节情不移。鸡鸣入机织，夜夜不得息。三日断五匹，大人故嫌迟。非为织作迟，君家妇难为。妾不堪驱使，徒留无所施，便可白公姥，及时相遣归。”

府吏得闻之，堂上启阿母：“儿已薄禄相，幸复得此妇。结发同枕席，黄泉共为友。共事二三年，始尔未为久。女行无偏斜，何意致不厚？”阿母谓府吏：“何乃太区区！此妇无礼节，举动自专由。

吾意久怀忿，汝岂得自由！东家有贤女，自名秦罗敷。可怜体无比，阿母为汝求。便可速遣之，遣去慎莫留！”府吏长跪告：“伏惟启阿母，今若遣此妇，终老不复取！”阿母得闻之，槌床便大怒：“小子无所畏，何敢助妇语！吾已失恩义，会不相从许！”

府吏默无声，再拜还入户。举言谓新妇，哽咽不能语：“我自不驱卿，逼迫有阿母。卿但暂还家，吾今且赴府。不久当还归，还必相迎取。以此下心意，慎勿违吾语。”新妇谓府吏：“勿复重纷纭！往昔初阳岁，谢家来贵门。奉事循公姥，进止敢自专？昼夜勤作息，伶俜萦苦辛。谓言无罪过，供养卒大恩。仍更被驱遣，何言复来还？妾有绣腰襦，葳蕤自生光。红罗复斗帐，四角垂香囊。箱帘六七十，绿碧青丝绳，物物各自异，种种在其中。人贱物亦鄙，不足迎后人。留待作遗施，于今无会因。时时为安慰，久久莫相忘。”

“鸡鸣外欲曙，新妇起严妆。着我绣夹裙，事事四五通。足下蹑丝履，头上玳瑁光。腰若流纨素，耳着明月珰。指如削葱根，口如含朱丹。纤纤作细步，精妙世无双。”上堂谢阿母，阿母怒不止。“昔作女儿时，生小出野里，本自无教训，兼愧贵家子。受母钱帛多，不堪母驱使。今日还家去，念母劳家里。”却与小姑别，泪落连珠子。“新妇初来时，小姑始扶床。今日被驱遣，小姑如我长。勤心养公姥，好自相扶将。初七及下九，嬉戏莫相忘。”出门登车去，涕落百余行。

府吏马在前，新妇车在后，隐隐何甸甸，俱会大道口。下马入车中，低头共耳语：“誓不相隔卿，且暂还家去。吾今且赴府，不久当还归，誓天不相负！”新妇谓府吏：“感君区区怀。君既若见录，不久望君来。君当作磐石，妾当作蒲苇。蒲苇韧如丝，磐石无转移。我有亲父兄，性行暴如雷，恐不任我意，逆以煎我怀。”举手长劳劳，二情同依依。

入门上家堂，进退无颜仪。阿母大拊掌：“不图子自归！十三教汝织，十四能裁衣，十五弹箜篌，十六知礼仪，十七遣汝嫁，谓言无誓违。汝今何罪过，不迎而自归？”“兰芝惭阿母，儿实无罪过。”阿母大悲摧。

还家十余日，县令遣媒来。云有第三郎，窈窕世无双，年始十八九，便言多令才。阿母谓阿女：

“汝可去应之。”阿女含泪答：“兰芝初还时，府吏见丁宁，结誓不别离。今日违情义，恐此事非奇。自可断来信，徐徐更谓之。”阿母白媒人：“贫贱有此女，始适还家门，不堪吏人妇，岂合令郎君？幸可广问讯，不得便相许。”媒人去数日，寻遣丞请还，说有兰家女，承籍有宦官，云有第五郎，娇逸未有婚，遣丞为媒人，主簿通语言。直说太守家，有此令郎君，既欲结大义，故遣来贵门。阿母谢媒人：“女子先有誓，老姥岂敢言！”阿兄得闻之，怅然心中烦，举言谓阿妹：“作计何不量！先嫁得府吏，后嫁得郎君，否泰如天地，足以荣汝身。不嫁义郎体，其往欲何云？”兰芝仰头答：“理实如兄言。谢家事夫婿，中道还兄门，处分适兄意，那得自任专？虽与府吏要，后会永无缘。登即相许和，便可作婚姻。”媒人下床去，诺诺复尔尔。还部白府君：“下官奉使命，言谈大有缘。”府君得闻之，心中大欢喜。视历复开书，便利此月内，六合正相应。“良吉三十日，今已二十七，卿可去成婚。”交语速装束，络绎如浮云。青雀白鹄舫，四角龙子幡，婀娜随风转。金车玉作轮，踯躅青骢马，流苏金镂鞍。

赍钱三百万，皆用青丝穿。杂彩三百匹，交广市鲑珍。从人四五百，郁郁登郡门。

阿母谓阿女：“适得府君书，明日来迎汝。何不作衣裳？莫令事不举！”阿女默无声，手巾掩口啼，泪落便如泻。移我琉璃榻，出置前窗下。左手持刀尺，右手执绫罗。朝成绣夹裙，晚成单罗衫。晻晻日欲暝，愁思出门啼。府吏闻此变，因求假暂归。未至二三里，摧藏马悲哀。新妇识马声，蹑履相逢迎，怅然遥相望，知是故人来。举手拍马鞍，嗟叹使心伤：“自君别我后，人事不可量。果不如先愿，又非君所详。我有亲父母，逼迫兼兄弟，以我应他人，君还何所望！”府吏谓新妇：“贺卿得高迁，磐石方且厚，可以卒千年；蒲苇一时韧，便作旦夕间。卿当日胜贵，吾独向黄泉。”新妇谓府吏：“何意出此言！同时被逼迫，君尔妾亦然。黄泉下相见，勿违今日言！”执手分道去，各各还家门。生人作死别，恨恨那可论！念与世间辞，千万不复全。

府吏还家去，上堂拜阿母：“今日大风寒，寒风摧树木，严霜结庭兰。儿今日冥冥，令母在后单。故作不良计，勿复怨鬼神！命如南山石，四体康且直。”阿母得闻之，零泪应声落：“汝是大家子，仕宦于台阁。慎勿为妇死，贵贱情何薄？东家有贤女，窈窕艳城郭。阿母为汝求，便复在旦夕。”府吏再拜还，长叹空房中，作计乃尔立。转头向户里，渐见愁煎迫。

其日牛马嘶，新妇入青庐。暗暗黄昏后，寂寂人定初。“我命绝今日，魂去尸长留。”揽裙脱丝履，举身赴清池。府吏闻此事，心知长别离。徘徊庭树下，自挂东南枝。

两家求合葬，合葬华山傍。东西植松柏，左右种梧桐。枝枝相覆盖，叶叶相交通。中有双飞鸟，自名为鸳鸯。仰头相向鸣，夜夜达五更。行人驻足听，寡妇起彷徨。多谢后世人，戒之慎勿忘！

《孔雀东南飞》是我国古代最长的一首叙事诗，全诗 355 句，共 1775 字，与南北朝时期的《木兰诗》并称“乐府双璧”。这首诗最早见于徐陵的《玉台新咏》，题为《古诗无名人为焦仲卿妻作》，郭茂倩将其录入《乐府诗集》，题为《焦仲卿妻》，后人取其首句称为《孔雀东南飞》。

这首诗取材于东汉献帝年间发生在庐江郡的一桩婚姻悲剧，创作缘由在诗前的小序中讲得很清楚：汉末建安年中，庐江府一位小吏焦仲卿的妻子刘兰芝，被焦仲卿的母亲遣回家后，立誓不再嫁。但回到家后被兄长逼迫改嫁，无奈之下投水自尽。焦仲卿听说后，也在家中的树上自缢殉情。当时的人们为他们感到悲伤，作了这首诗来怀念他们。

孔雀东南而飞可以是成双成对的，但人有时却只能形单影只。全诗开篇以禽鸟双飞兴起，续以刘兰芝向焦仲卿自请遣归："我十三岁学会织素锦，十四岁学会裁布缝衣，十五岁能弹箜篌，十六岁能诵读诗书，十七岁嫁给你做妻子，心中常常感到悲伤痛苦。我们做了夫妻，却不能日日相守，你在外做府吏，尽忠职守，我在家中也是勤奋

绿釉陶孔雀灯（汉）

不已，不敢怠慢丝毫。早上听到鸡鸣就开始织布，入夜了也不敢休息，三天就织出五匹布，婆婆还是嫌我做得太慢。其实并不是我做得不好，而是你家的媳妇太难做。我无法达到你家的要求，白白留下也没有什么用处，你还是去禀告婆婆，及时遣我回家吧。”女子说出这番话，显然并不真的想要被丈夫休了，实在是婆婆已经决意要遣她回家，无奈之下只好顺婆婆的心意罢了。

焦仲卿听了妻子的话之后，心下很是不舍，便到堂上禀告母亲：“我本来就是福薄的命，幸好娶了这个情投意合的媳妇。本来想着我们生能够夫妻永结发，死可以黄泉共相伴。结婚才两三年，她的品行也没有什么不端正的地方，母亲您为什么这么不喜欢她呢？”焦仲卿的这个疑惑，大概也是后世读者的疑惑，这样好的媳妇，当年应该也是焦母同意才娶进家门的，如今为何却这样容她不得？

焦母听到府吏这样说非常生气：“你太愚蠢了！这个妇人不懂礼节规矩，做事任性，自作主张，我心中早就对她不满了！这事儿由不得你心软。邻居家有一位很贤淑的女孩子，名叫秦罗敷，生得才端貌妍，惹人喜爱，阿母为你讨来做媳妇。那个女人还是赶快遣走，别让她久留！”看上去，焦母不喜欢刘兰芝，是因为她不够听话。传统观念中，婚姻是一个伦理概念，与爱情不同，不是两个人的事，而是两个家庭的事。所以当婆婆的理所当然会挑剔媳妇的不好，甚至已经为儿子相中了另外的女子，这段婚姻显然避免不了成为一出悲剧了。

焦仲卿非常痛心，跪求母亲：“那我如今郑重禀告母亲：如果遣走了她，我就孤老终身，不再娶妻！”焦母听到这些话勃然大怒，捶着床大骂：“小子，你现在长大了，不怕我了，再没什么可畏惧的了，竟然敢帮那个女人说话！我对她已经没什么情意了，这件事决不能依你！”焦母并不想考虑儿子的感受，更不愿意听从儿子的意见，“家长”在这样的封建家庭中有着绝对的权威。

彩绘双层九子漆奁（汉）

焦仲卿只能默默地拜别母亲，回到了自己屋里，想要对妻子说话，却声音哽咽得说不出来。“我自然是不想你走的，奈何有老母的逼迫。如今只好暂时先送你回家，我得先到庐江府去处理公事，不久就会回来，等我回来就去接你。你就先委屈几天，别忘了我的话。”

刘兰芝听了焦仲卿的话，平静地说：“还是不要提回来不回来的话了。那年冬至后不久，我辞别娘家嫁来你家，这几年行事都是顺从婆婆的，一举一动都不敢自作主张。日日夜夜都辛勤操持家务，还总是孤独一人。我自己还以为没有什么过错，可以侍奉婆婆到老，报答她的恩情。现在要被驱遣回家了，还有什么脸面提回来？我有一件绣花齐腰短袄，上面垂着金缕，还有一具红罗小帐，四角垂着香料。我的妆奁有六七十只，都用青丝缠着；我用过的东西都在这些箱子里，各色各样，不一而足。我这个被你家轻贱的人，东西当然也不值钱的，配不上你今后要迎娶的妻子，留给你做个纪念吧。我们从此没有再见面的机会了，这些东西作个安慰吧，希望你永远不要忘记我。”

可以想象，这个至情至性的女子是忍着怎样的悲伤讲出这番话的。

鸡鸣的时候，外面的天亮了。刘兰芝早早起来整理梳妆，穿上绣花的衣裙，梳洗打扮都格外认真，反反复复一丝不苟地打扮自己：穿上丝织的鞋子，戴上玳瑁的头饰，挂上明月珠子的耳坠，腰上系着的细绢带子像水一样轻盈流转。她的手指尖细白嫩，嘴唇艳丽红润，轻巧曼妙地踏着细步。这样精致美丽的人儿，世上真是没有第二个了。

刘兰芝上堂辞别焦母，焦母特别生气，并不理会她。刘兰芝说："从前我做女儿的时候，生长在乡野的小户人家里，没有受过什么好的教养，使你家的公子也蒙受羞辱。我受了阿母很多的聘礼，却没能够胜任阿母的驱使，如今我要回家去了，要劳烦阿母在家中辛苦了。"她说完退出来，与小姑作别，眼泪掉得像断线的珠子一样。"我刚来的时候，你还未成年，刚开始实行为父母整理床衽之礼，现在我被驱遣回家，你已经差不多要跟我一样高了。记得要勤心侍奉婆婆，自己好好照顾自己。在初七和十九嬉闹玩耍的时候，不要忘记我。"

焦仲卿骑着马走在前面，刘兰芝乘着车走在后面，车轮发出匝匝的声响。在大路的岔口汇合时，焦仲卿下马进到车里，对刘兰芝低头轻声耳语："我发誓不会离弃你的，你先暂且回家去，我如今要去庐江府，不久就会回来，我对天起誓定不负你。"刘兰芝回答道："感谢你忠诚相爱的心愿，既然你这样惦念着我，我盼望你不久能来。你像磐石一样不可转移，我会像蒲苇一样坚韧，不易折断。我家中有个兄长，性情非常暴躁，很可能会逼我做违反我意愿的事。"这对即将被迫分离的夫妻，想要通过誓言再三确定彼此的关系，以对抗来自家庭的阻碍与考验，这个时候他们都愿意相信爱情可以战胜一切，磨难可以使他们的情感更加真挚。两人相互举手告别，依依不舍，忧伤不已，怅然若失。

刘兰芝回到家中，来到内堂，一举一动都觉得没有脸面。刘母惊讶地拍掌："没有想到你会被驱遣回娘家来！我从小教养你，从你十三四岁的时候就教会你织布裁衣，你十五岁就会弹箜篌，十六岁懂礼节。十七岁把你嫁出去，总以为你不会有什么过错。你如今究竟有什么过错，没有人迎接就自己被休回家了？""兰芝非常惭愧，实在对不起母亲，但我确实没有什么罪过。"刘母听了特别伤心。

回到家里来十余天，县令就派了媒人上门，说家里有三公子，为人斯文漂亮，世上无双，今年十八九岁，口才很好，也很能干，要娶兰芝为妻。刘母劝说兰芝："你就答应了吧。"兰芝含泪对母亲说："我才回来的时候，府吏再三叮嘱我，发誓永不分离的。现在违背情意，恐怕不合适。你还是先回绝了媒人，这件事以后慢慢商量吧。"刘母只好回答媒人："我家贫贱，这个女儿出嫁没多久就被休回来，连小吏的妻子都做不好，怎么配得上县令家的公子呢？您还是再去访求别家的女子吧，我不能答应你。"媒人走了没几天，太守就派郡丞来求亲。郡丞说："太守家的第五个儿子娇美俊逸，还没有结婚，很想和你家结亲，所以派我来上门提亲。"刘母不忍违背女儿的心愿，只好回绝："女孩子之前已经有过誓言，我不好跟她提再嫁的事情呀。"但是刘兰芝的兄长听闻了这件事，非常生气地责备兰芝："做事情为什么不考虑清楚呢！你之前嫁的只是一个府吏，这次可以嫁给太守家的公子，地位天差地别，足够让你荣耀。你现在不嫁这样的如意郎君，以后还打算怎么办？"刘兰芝没有办法，只能答应兄长："兄长说得有理，我辞别家里侍奉夫婿，没想到中途被休回兄长家，如何处置应该顺从兄长，哪能这样任性？虽然我和府吏有约定，但和他再没有相见的机会了，还是答应了太守这门亲事吧。"刘兰芝被迫答应了这门提亲，此时心里大概已经有了殉情的想法。

媒人听到肯定的答复，高兴地站起来连声说好，回到衙署禀告太守说："我奉命去提亲，谈得很投机，这门亲事成了，没有问题。"

吕纪《杏花孔雀图》（明）

太守听了特别高兴，当下翻开历书查看，这个月就非常吉利，月份和日子都很相合。“三十是一个好日子，今天已经是二十七了，你赶快去办理成婚的事宜吧。”太守府内的人纷纷忙碌起来，开始准备筹办婚事。婚船上画着青雀白鹄，四角挂着龙幡随风摆动。婚车漆金镶玉，驾车的是青骢马，镂金马鞍上配着流苏。聘金三百万，都用青丝穿着，还有彩缎三百匹，以及从各地采购的山珍海味。四五百仆从都聚集在太守府，一片热闹景象。

婚期前一天，刘兰芝的母亲嘱咐女儿：“刚才得到太守的信，说明天会来迎娶你，怎么还不做衣裳？不要让婚事不成样子呀！”然而对于这桩婚事，是有人欢喜有人忧的，刘兰芝默不作声，用手帕掩着嘴哭，眼泪不住地流下来。她把琉璃的坐榻搬到窗子下面，左手拿着剪刀，右手拿着衣料，做着婚礼上要穿的绣裙和罩衫。天快要黑了的时候，她哭着走出门外。

焦仲卿也听闻了这个变故，于是请了假回来，赶往刘兰芝的家。离刘家还有二三里远的时候，心情悲怆伤心到了极点，马似乎明白了主人的痛苦，也发出悲哀的嘶鸣。刘兰芝听到了马声，踏上鞋出门迎上去，站在路上怅然地远望，知道爱着的那个人就要来了。两人相见，兰芝抬起手来拍着焦仲卿的马鞍，伤心无奈地叹息道：“我们离别之后，人事的变化无法预料。果然不能像我们先前希望的那样相守到老，其中的缘由又不是你所能知道的。我有生身的父母，有兄长的逼迫，已经许配给了其他人，你还能有什么指望呢？你来了又能如何呢？”焦仲卿无法接受刘兰芝的解释，冷冷地说：“祝贺你有这样好的亲事，磐石方正厚实，可以屹立千年，但蒲苇一时坚韧，却很快就腐朽了。你会一天一天富贵起来，就让我孤独地死去吧。”兰芝听了焦仲卿的话十分难过：“你怎么可以说出这样的话！你是被家人逼迫的，我也是一样。我们死后在黄泉下相见吧，不要违背了今天的誓言！”他们相约殉情以后，依依不舍地放开手，各自回到家中。活着的人却要做临死的诀别，这是怎样的哀痛！要如何的决心才能选择放弃生命，来坚守一段爱情与誓言？人是如何的渺小，无力对抗外来的逼迫与阻碍，但外力又是这样的脆弱，无法撼动人们对爱的追求与坚守。

焦仲卿回到家里，到堂上去拜见母亲：“今天很冷，风很大，寒风吹倒了树木，庭院里的兰花也结了霜。如今我的生命就快要结束了，儿子不孝，今后要留母亲一人在世上。是我自己要做这样不孝的事情的，请不要埋怨鬼神。希望母亲永远健康长寿。”焦母听了儿子的话，眼泪直往下掉，可是她并没有反省自己的做法，而是急着给儿子迎娶新妇：“你是大户人家的子弟，又任着官职，千万不要为了那个低贱的妇人寻死！你们本来就贵贱不同，休了她有什么大不了的？邻居家有个贤淑的姑娘，她的美艳在城里是数一数二的，我给你求来做妻子，一两天就有答复了。”焦仲卿看到母亲这样冥顽不化，只好拜了两拜退出，回到自己房中，对着空屋子长声叹息。殉情的打算就这样决定了。他把头转向兰芝住过的内房，睹物生情，心中愈加悲痛煎熬。

第二天牛马嘶鸣的时候，刘兰芝进入青庐等候婚礼。黄昏时分，太阳落下，天色昏暗，人们都开始安歇了。刘兰芝想：“我的生命今天就要结束了，灵魂就要离开了，就把这身体留在人间吧。”她揽起裙摆，脱下丝鞋，跳进了清水池中。焦仲卿听说后，知道与兰芝永远别离了，在庭院的树下徘徊良久，在向着东南的树枝上自缢殉情了。

焦刘两家要求把他们二人合葬，一起葬在了华山边上。坟墓的周围种上松柏和梧桐，这些松柏和梧桐的枝叶相互连接在一起。林子里有双飞双宿的鸳鸯，仰着头互相对着鸣叫，每天都要叫到五更。路过的人都会停下来倾听，寡妇听了也从床上起来忧伤彷徨。他们的遭遇要告诫后人，作为教训，千万不要忘记！

在汉代的乐府民歌中，禽鸟向东南方向飞行，就意味着一种灾难与不祥。焦仲卿与刘兰芝的婚姻在这样的氛围下走向离散，生命走向终结，似乎也成了一种宿命。不论是焦母、刘兄作为封建家长的强硬蛮横，还是焦仲卿的软弱怯懦，抑或是刘兰芝的婚后无子，这些事实对于这桩婚姻都是一个个的致命伤害，一步步将这对夫妻逼入绝境。只是这样的事情，虽然被时人叹息传颂，也被记下来作为历史教训，但同样的悲剧千年来依旧不断上演着，《孔雀东南飞》也就不断伴随着每一个悲剧。

《孔雀东南飞》作为中国古代文学史上最早的长篇叙事诗，又是汉乐府叙事诗发展的高峰，除其主题发人深省、令人动容之外，在文学技巧上也是可圈可点的。起兴的妙用，语言的质朴，结构起承转合的完整，叙述节奏的拿捏得当，以及人物鲜明个性的塑造，都令人赞叹。在 “孔雀东南飞遗址”，即安徽怀宁县，还有焦仲卿、刘兰芝合葬的墓地，这首质朴动人、凄美婉转的长篇叙事诗，也刻在其上。

故事的女主人公刘兰芝可以说是一位光照千古的女性形象，她从小学习女红，具有良好的素养和品德。嫁入焦家后，她服侍婆母，照顾小姑，日夜辛勤劳动，却遭到焦母的故意挑剔和刁难。面对婆母的驱遣，刘兰芝没有哀求哭诉，而是有理有节，从容地同焦母、小姑告别。诗中渲染了她离开前着意盛装的过程，赞美了她的纯真与至情之美，突显她的高贵和尊严和二人爱情的悲壮。回到娘家后，面对县令、太守和兄长的逼婚，兰芝为了爱情与尊严，不惜以死抗争，表现了一个普通女性对礼教最强烈的抗争。相较之下，焦仲卿性格比较软弱，他爱妻子，也爱母亲，他既想忠于爱情，又不敢违背母命，处于难以两全的尴尬之中。但是，当二者必选其一时，他选择了爱情，以生命的代价换取了爱情的升华。

《孔雀东南飞》虽出现在南北朝时期，但是对今天中国人的婚姻家庭生活仍有不小的现实意义。现在人们的物质生活虽然已有极大的发展，但许多千百年形成的传统观念却依然根深蒂固，而婆媳关系至今也依然是家庭中最重要的矛盾之一。婆媳矛盾的实质就是两个女人对一个男人的争夺，男人夹在中间两边为难。全诗的最后两句：“多谢后世人，戒之慎勿忘！”正是对后人的一种提醒，要谨慎处理婆媳关系，不要把家庭矛盾扩大，避免这样的悲剧再次发生。

子夜歌

落日出前门，瞻瞩见子度。
冶容多姿鬓，芳香已盈路。

芳是香所为，冶容不敢当。
天不夺人愿，故使侬见郎。

《子夜歌》是南朝乐府民歌，相传其曲调是晋代一个名叫子夜的女子所创，故而得名。《乐府诗集》中有《子夜歌》42 首，收入“清商曲辞 · 吴声歌曲”，其曲调哀伤婉转，内容多是女子吟唱爱情生活的悲欢。

此处选录的两首是一唱一答的赠答之作。《子夜歌》本来就是男女赠答的诗作，但由于时代久远，有些作品佚失了，所以在现存的《子夜歌》中那种唱和的关系已不易分辨了。这两首诗通过两人的对话，表现出一对年轻的男女偶遇的情景。首先是男子说道，我在日落时分出门时见到了你，你的鬓发乌黑如墨，你的容貌娇艳如花，走过时衣裙飘飘，整条路都留下了你的芳香。第二首是女子应答：芳香的气味来自我身上所佩的香囊，你夸奖我漂亮实在不敢当。这是上天实现了我一直以来的愿望，才使我遇到了你啊。

这两首诗抓住了这对男女相遇和对答的一个片断，只通过对话就描绘出一个邂逅的故事。接下去他们会怎样发展，读者都可以尽情地想象了。由《子夜歌》衍生出来的《大子夜歌》中曾写道：“歌谣数百种，子夜最可怜。慷慨吐清音，明转出天然。”这两首诗正体现了民歌“明转出天然”的清新之美。

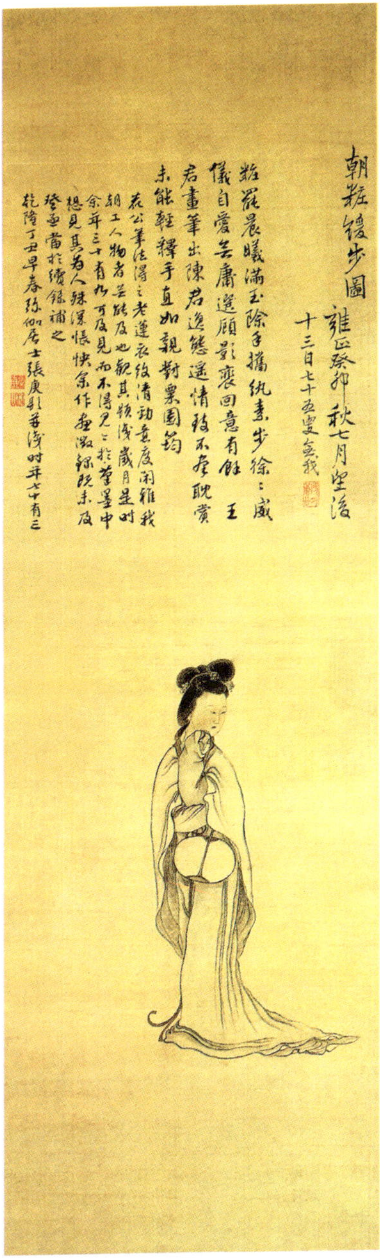

王树穀《朝妆缓步图》（清）

子夜四时歌

春林花多媚，春鸟意多哀。
春风复多情，吹我罗裳开。（春歌）
青荷盖渌水，芙蓉葩红鲜。
郎见欲采我，我心欲怀莲。（夏歌）
白露朝夕生，秋风凄长夜。
忆郎须寒服，乘月捣白素。（秋歌）
渊冰厚三尺，素雪覆千里。
我心如松柏，君情复何似？（冬歌）

《子夜四时歌》为《子夜歌》的变曲，在《乐府诗集》中也属"清商曲辞·吴声歌曲"。《乐府题解》中说："后人更为四时行乐之词，谓之《子夜四时歌》。又有《大子夜歌》《子夜警歌》《子夜变歌》，皆曲之变也。"《子夜四时歌》现存 75 首，其中春歌 20

首、夏歌 20 首、秋歌 18 首、冬歌 17 首。本文在春歌、夏歌、秋歌、冬歌中各选一首。

春歌可以说是一首妙龄少女的“怀春曲”。春花妩媚娇艳，就像少女的青春已经成熟。春鸟鸣啭悦耳动听，而少女却心绪烦闷，所以听出鸟叫其“意多哀”。而春风确实那样多情，就像是在向女孩求爱一样，轻轻掀起少女衣裙的一角，象征着情窦初开、期待真爱的少女情怀。

夏歌采用了拟人的手法，女子借荷花的口吻来戏谑情郎。盛夏里挺拔茂密的荷叶层层叠叠遮盖水面，水中的荷花鲜艳欲滴。情郎想要来采撷我，而我的心中也对情郎怀着深深的爱意。诗中“怀莲”的“莲”字与“怜”谐音，意谓怜爱。女子借芙蓉之口说出了自己的情怀，既缠绵含蓄，又显得坦率天真。

仇英《捣衣图》（明）

秋歌的主人公是一位思妇，她的丈夫不知为何离家远行。在秋风日紧，寒露降临的秋夜里，思妇在慢慢长夜里独守空房，思念丈夫，反侧难眠。这时，她想起丈夫缺少御寒的衣服，就赶紧在月色中捣素缝衣。可见这位女子对丈夫的情意之深和思念之切。“捣素”即将白色生绢一类的衣料，用木棒捶打柔软，之后方可裁剪缝制。“乘月捣寒素”这句诗意境深邃优美，后来“捣素”或“捣衣”成为诗词中常见的意象，用以表现妇人对丈夫的思念。比如唐代诗人李白就有名句“长安一片月，万户捣衣声”。

冬歌写的是在寒冷的冬天，深潭结冰厚达三尺，皑皑白雪覆盖千里，女主人公的心意就像寒冬里的松柏，傲视冰雪，始终不渝。最后一句，女子反问男方，不知道你的心怎么样呢？是不是也和我一样对爱情忠贞不贰呢？寒冰和积雪，可能意味着这对情侣受到某种阻碍和压力。孔子曾说：“岁寒，然后知松柏之后凋也。”女主人公借用松柏来表达自己的决心，进而想要得到爱人的承诺。

华山畿

华山畿！
君既为侬死，独生为谁施？
欢若见怜时，棺木为侬开。

《华山畿》现存25首，在《乐府诗集》中都属“清商曲辞 · 吴声歌曲”。这里所选的是第一首。智匠的《古今乐录》记载了《华山畿》的故事：

南朝宋少帝时，南徐（今江苏镇江）的一个读书人从华山畿（今江苏丹徒）前往云阳（今江苏丹阳）。在途中的一家客店里，读书人遇到一位十八九岁的年轻女子，情不自禁爱上了她，而且回家后就得了相思病。他的母亲问他得病的原因，他就把事情全都告诉了母亲。母亲为了儿子特地到华山一带寻访，找到了那个女子，还把儿子的事情说给她听。女子听后，就解下围裙，让她将其暗中放在男子的席子之下，让他睡在上面，定会病愈。母亲回家后照此办理，没几天那个读书人果然就病愈了。这件事在今天看来也是不可思议的。也许见到女子的那天，男子曾经与女子有擦身而过的机会，因而闻到了她身上的气息，而围裙上传来女子的气息，使他心病得以痊愈。但是，更不可思议的事情发生了：某天男子从席下发现了围裙，一下子就认出这是那个女子佩戴过的，立刻把围裙抱得紧紧的，甚至想要吞下这个围裙，以至于被噎死了。在咽气之前，他叮嘱母亲：出殡的时候一定要从华山边走过。当出殡的队伍走过那个女子的门前，女子知道了一切，平静地说；“请等我一会儿。”说完就进门沐浴梳妆，一会儿走出来，唱出了这首感人至深的《华山畿》：“你既然是为我而死的，那么我一个人活在这个世界上还有什么可以留恋的？如果你仍然怜惜我，请为我打开棺木，让我随你而去！”这时棺木果然应声而开，女子立刻跳入棺中，任凭女子家人怎样敲打，棺木也打不开了。大家没有办法，于是只好将二人合葬，合葬的墓被称为“神女冢”。

我们可以把这段歌看作那位女子歌唱的咒语：请求神灵赐予超自然的力量，打开棺木，与爱她的人共同赴死。仿佛公允的上苍、命运、神灵为他们的痴情与执着所感动，对他们的情感和行为给予了肯定，似乎也对阻碍他们在一起的人给予警示。当爱情在现世无法长久时，人们通常希望可以有超越世俗的力量来给予爱情支持。这些带有神话色彩的情节，不论是棺木、墓门应声打开，还是合葬的墓地蝴蝶双飞、鸳鸯齐鸣，表现的都是这种共同的心愿。

这首民歌并没有什么技巧可以分析，能够打动人的是那份热烈淳朴的直抒胸臆。那些海誓山盟，那些白首之约，那样真挚热烈，那样让人记忆犹新，那样让人心驰神往，但现世中守护一份爱情又是如此的艰难。无论如何，相爱是一种幸福，相守是一种幸福的勇敢，不仅为了那些誓言，更为了人生最美好的际遇。

吴振武《荷花鸳鸯图》（清）

西洲曲

忆梅下西洲，折梅寄江北。
单衫杏子红，双鬓鸦雏色。
西洲在何处？两桨桥头渡。
日暮伯劳飞，风吹乌桕树。
树下即门前，门中露翠钿。
开门郎不至，出门采红莲。
采莲南塘秋，莲花过人头。
低头弄莲子，莲子清如水。
置莲怀袖中，莲心彻底红。
忆郎郎不至，仰首望飞鸿。
鸿飞满西洲，望郎上青楼。
楼高望不见，尽日栏杆头。
栏杆十二曲，垂手明如玉。

卷帘天自高，海水摇空绿。
海水梦悠悠，君愁我亦愁。
南风知我意，吹梦到西洲。

这首《西洲曲》最早见于《玉台新咏》，题为南朝诗人江淹所作。《乐府诗集》将其收入“杂曲歌辞”，题为“古辞”，即作者无考。内容讲述的是一位住在西洲附近的少女对情人的相思之情，她从早春唱到暮秋，从现实唱到梦境，并不直抒愁思，但思念的情绪在每一个场景和动作中弥漫，被称作是“言情之绝唱”实不为过。

采莲图

“梅花盛开的季节又到了，想起我们曾经在梅树下的耳语呢哝、耳鬓厮磨，是那样的让人欢喜羞涩。不知你在江北还能不能赏花寻梅，想念起我在梅花丛中守候你时的笑靥？很想要去折一支梅花寄给你，就选你说过你最喜欢的那一株吧！春意越来越浓了，我头发乌黑，穿着杏红色的单衫立在桥上，望着渡口对岸的梅林静静发呆。那里其实没有多远，坐上小舟划不了几桨就到了，只是你不在那里，过去了也只是徒增伤感而已。”

到了伯劳单飞的仲夏，女子也陪着孤单的鸟儿一同孤单。晚风吹过门口的乌桕树，吹拂着树下徘徊着的可人儿，她带着翠玉镶嵌的首饰，在树下等待着那个心中的他。然而打开门，那个心上的情郎还是没有到来，只好独自出门去采摘红莲。

初秋的南塘里，佳人心不在焉地采摘着莲子，莲花已经长得高过了人头，那年也是在这荷塘里，他们一起唱着动人的情歌。姑娘低着头摆弄着莲子，莲子像水一般清澈澄净。把莲子藏到袖子里，莲子的心红得通透彻底。然而姑娘却没有那个人来陪伴、怜爱，望着不远处的一对情人，心里想着那个人那些事也许是一场梦吧！思念郎君而郎君却迟迟不来，仰头望着鸿雁不停飞过，却没有带来情人只字片语的消息。

西洲的天上飞满了鸿雁，姑娘登上高高的楼台遥望远方，希望可以望到归来的情郎，然而即便整日都倚着栏杆，仍旧望不到情人的影子。楼台的栏杆曲曲折折的延伸着，姑娘的纤纤素手垂在栏杆上，像美玉一样温润。玉手卷起楼阁的帘子，能看到高高的天空，能看到荡漾着碧波的江水，然而依旧看不到心心念念的情郎。“梦境像海水一样悠长，你忧愁我也在忧愁，南风如果了解我的心意，就把我的梦境吹去西洲，吹到那个人的梦中吧。”

这首缠绵幽怨的《西洲曲》是南朝乐府民歌中少见的长篇诗歌，

莲子清如水

也是南朝乐府民歌中最长的抒情诗，有着鲜明的江南水乡特色，也体现出南朝民歌纯熟的表现技巧，尤其顶真格的运用让诗歌前后勾连环环相扣，情韵和谐。本诗如同其他一些典型的南朝情诗一样，以“莲”来一语双关，让这对情人间的“怜爱”也如同“莲花”、“莲子”一样温婉、清丽。其实思念就是这样一种自己感动自己的情绪，无法对别人细致地描述，也无法让别人感同身受。女子只是歌唱出自己的一举一动的细节，便足够让也有所思念的人们回忆起那种思念的感觉。这位南国少女对情郎的思念情绪已经到了一种痴狂的境界，梦境与现实都有了些许的混淆，然而她表现出的行为却依旧是平和的，只是在渡口、树下、荷塘中、高楼上默默地伫立、等待，并不激烈，却也异常固执坚定。

羽林郎

昔有霍家奴，姓冯名子都。
依倚将军势，调笑酒家胡。
胡姬年十五，春日独当垆。
长裾连理带，广袖合欢襦。
头上蓝田玉，耳后大秦珠。
两鬟何窈窕，一世良所无。
一鬟五百万，两鬟千万余。
不意金吾子，娉婷过我庐。
银鞍何煜爚，翠盖空踟蹰。
就我求清酒，丝绳提玉壶。
就我求珍肴，金盘脍鲤鱼。
贻我青铜镜，结我红罗裾。
不惜红罗裂，何论轻贱躯。

男儿爱后妇，女子重前夫。

人生有新故，贵贱不相逾。

多谢金吾子，私爱徒区区。

这首《羽林郎》是汉代诗人辛延年的作品，收录在《乐府诗集·杂曲歌辞》中。

诗的首四句就概括了全诗的主要内容。当年，大将军霍光的门下有个家奴叫冯子都，曾经依仗将军的势力，调笑当垆卖酒的胡姬。据《汉书·霍光传》载："初，光爱幸监奴冯子都，常与计事，及显寡居，与子都乱。"可见这个冯子都不是普通的家奴，而是个仗势横行的纨绔子弟。胡姬大约十五岁的年纪，在这个春天的日子里独自在酒肆门前卖酒。她的样貌自是不必多说，打扮也是费了一番心思的：裙子上系着长长的丝带，广袖短袄上绣着合欢花的纹样，显出婀娜多姿的曲线；她的头上戴着蓝田美玉做的饰物，耳后别着西域大秦国所产宝珠的耳坠，流光溢彩，一直下垂到耳后。两边高高地挽着的两个环形发髻，其上发饰的做工之精是世上罕有的，一边起码值五百两银子，两边加起来就得成千上万的银钱了。

令人意想不到的是，这居然招来了冯子都这个花花公子。他自以为英俊潇洒，派头十足，驾着车马而来。银色的马鞍光彩闪耀，车盖上饰有翠羽的马车，他停留在酒肆门前。冯子都一进酒肆，便径直走近胡姬，向她要上等美酒。胡姬便提着玉壶给他倒上清酒。过了一会儿，他又走近胡姬，要她端来上等菜肴，胡姬就用金盘盛上鲤鱼脍。冯子都酒足饭饱之后，得寸进尺，拿出一面

人物鸟兽纹铜镜（东汉）

精美的铜镜要送给胡姬，还把镜子系在了她的红罗裙带上，动作轻薄地要与胡姬欢好。

胡姬面对冯子都公然无耻的调戏，毫不怯懦，当即扯断裙带，把铜镜还给了他，义正词严地说：“你们男子总是喜新厌旧，但我们女子却最看重之前结发的夫婿。人生总是有不同的际遇，不断碰到新的人，但无论我的夫婿是富贵还是贫贱，我都不会辜负他。多谢您对我的错爱，您还是不要在我这里白献殷勤了！”

在两汉时期，随着对外交往的发展，长安、洛阳等大城市中居住着许多来自西域的胡人。他们的地位一般都比较低，就像诗中独自当垆卖酒的胡姬，可以说生活在社会底层，无权无势，往往过着仰人鼻息的生活。但是在背靠霍大将军权势的“高贵者”面前，她却毫无畏惧，凛然拒绝豪奴的调戏，甚至不惜以生命做抗争，体现出一种精神上的尊严与高贵。在品格卑下的冯子都面前，胡姬的外貌与心灵的美好显得更加和谐统一，不可侵犯。

民生与命运

两汉时期虽然号称盛世，但是朝政方面却是弊端丛生，尤其是西汉和东汉中后期，朝廷上出现了外戚和宦官专权的局面，造成政局混乱，而地方上又豪强称雄，土地高度集中，农民苛捐杂税负担沉重，百姓们往往苦不堪言。

巫山高

巫山高，高以大。淮水深，深以逝。

我欲东归，害梁不为？

我集无高曳，水何梁汤汤回回。

临水远望，泣下沾衣。

远道之人心思归。谓之何！

《巫山高》属于汉代“铙歌十八曲”之一，在《乐府诗集》中属于“鼓吹曲辞”。这是一首抒写游子怀乡思归的诗作，在意象上有着很明显的个人色彩。全诗有三言、四言、五言、六言、七言各类句式，节奏错落有致，读起来朗朗上口。诗人是一位出生于淮水、漂泊在蜀地的游子，站在蜀地的高山上向东极目远望，想要望一眼自己的家乡，却被高耸的巫山阻挡了视线。“巫山是多么的宏伟高大，淮水是多么的幽深湍急，即便是这样的山高路远、湍流水急，我也还是特别急切地想要回去。我想要向东归去，为什么桥梁却没

巫山神女峰（图片提供：FOTOE）

架好？我想要渡河，为什么没有撑船的竹篙、划船的木桨？河水急流回转，阻挡在我回家的路上。我只有站在水边远望，流下的泪水沾湿了我的衣裳。在外的人想要回到家乡，该怎么做才好！”

诗歌把无法归家的原因归于客观条件的不具备——没有桥梁、没有舟桨，无法渡过急流的河水走上对岸的归家之路。明白人都清楚这些只是表面的理由，甚至可以说是借口，实际上还有各种无法言说的或人为、或主观的原因隐藏其中，阻碍着游子归家的行程。诗歌集中书写这种不得已的山水阻隔，就是要将难言的隐痛与自己的无奈凸显出来，让这份无法实现的归家急切更显得让人无法承受。理智与现实告诉自己无法回家，而思念的情绪却不时浮现，愈演愈烈，这种无奈与挣扎的痛苦，虽然没有言明，却浸透在了诗歌的每一个词语中，让人无法不同情。

平陵东

平陵东，松柏桐，不知何人劫义公。
劫义公，在高堂下，交钱百万两走马。
两走马，亦诚难，顾见追吏心中恻。
心中恻，血出漉，归告我家卖黄犊。

《平陵东》在《乐府诗集》中属于“相和歌辞”。这首短诗讲述的是一个平民被无辜劫掠的故事，事件交代得十分详细。“在平陵东边不远的地方，有一片墓地，植满了茂密的松柏梧桐。就在这里，不知道什么人劫持走了义公！”义公是古时对“好人”的美称，也有人说这首诗中的“义公”是指一位姓义的人。这里似乎抛出了一个疑问，实际是作者的一个慨叹。平陵是汉昭帝刘弗陵的安葬之地，距离长安大概只有七十里，有什么人有这么大的胆量，在平陵附近行劫持之事？答案竟然不是穷凶极恶的绿林强盗，而是无法无天的官府衙役。“义公被人劫持走了，在官府高大敞亮的厅堂下，要求交出数百万钱和两匹好马才能把人赎回来。”高堂之上本应是主持正义、惩办强暴的地方，现在却公然勒索、逼迫善良百姓。在猝然之间，如此惊人的巨额赎资怎能交得出？“两匹好马，太难办到了，回头看到追着催促赎金的官吏，心中就更加难过了。”这是怎样的世道，承受繁重的徭役，上交数不清的赋税还不够，还要遭受这平白的敲诈。官府都出来做这种赤裸裸的强盗了，这日子还能有什么指望啊。“心里特别的难过，感觉血液都要被榨干了，家中已经没有分文的钱财了，还是回去先把家里的小黄牛卖掉吧，看看是不是能凑一部分赎金出来。”遭遇到这样的劫难，在这样的绝望之中，还有什么路可走呢？只好忍痛卖掉家中的黄牛犊了。一个善良的平民在虎狼之吏的逼迫下，就这样倾家荡产了。无法想象，小牛卖掉后，主人公今后的生活要靠什么来维持。

“亿年无疆”瓦当（汉）

一个年迈的老翁，在距离京城不远的地方被官府绑架勒索，这是怎样的让人愤怒。对于汉魏时代，人们有过太多或浪漫、或唯美、或恐怖、或真实的想象，但无论是细节多么丰满的想象都不会包含这样匪夷所思的事情。从“劫义公”之后，每句开头三个字都重复上一句末的三个字，这种顶针的修辞方法在民歌中十分常见，可令前后两句之间连接更加紧密，整首诗节奏也随之加快，让诗人愤怒与控诉的表达更有力量。虽然诗歌的力量在现实的劫难面前是苍白的，但却可以摆脱时间的束缚，感染和打动几千年后的读者。

相逢行

相逢狭路间，道隘不容车。
不知何年少，夹毂问君家。
君家诚易知，易知复难忘；
黄金为君门，白玉为君堂。
堂上置樽酒，作使邯郸倡。
中庭生桂树，华灯何煌煌！
兄弟两三人，中子为侍郎。
五日一来归，道上自生光。
黄金络马头，观者盈道旁。
入门时左顾，但见双鸳鸯。
鸳鸯七十二，罗列自成行。
声音何噰噰，鹤鸣东西厢。

大妇织绮罗，中妇织流黄。
小妇无所为，挟瑟上高堂。
丈人且安坐，调丝方未央。

《相逢行》属汉乐府古辞，《乐府诗集》将其收入“相和歌辞·清调曲”中。这首诗极力铺排渲染豪门大族的奢华与享乐，写得气氛热烈、生动夸张，在主题和词句上，与《乐府诗集》收录的另外一首汉乐府诗《长安有狭斜行》有不少相似之处。

诗中写道，两辆大户人家的马车在狭窄的道路上相遇。因为道路太狭窄，马车无法过去。车上的少年干脆停下车，相互攀起话来，打听对方是什么人家的车马，这样华丽高大。这户人家是很容易打听到的，因为这里的人们没有不知道的，而且见识过的人们也没有人会忘记：他家的大门是黄金做成的，厅堂是白玉堆砌成的，堂上摆满了一樽一樽的美酒，来自邯郸的美丽歌女在歌唱舞蹈。院子中庭种着桂树，灯火把庭院照得通明。家中兄弟有两三个，其中有人官拜侍郎。在五日拜谒父母归来的时候，他们行走的道路仿佛都自己熠熠发光。拉车的马带着镀金的络头，围观的群众挤满在道路的两旁。进门的时候如果向左边看，会看到成双成对的鸳鸯，有七十二只之多，在池塘中悠闲地排列成行。鸟儿们嗈嗈地不住鸣叫，在东西厢房中都能听得到。大媳妇编织着有花纹的罗绮，二媳妇编织着紫黄相间的绢，小媳妇没有做针线活，只是带着瑟琴来到厅堂上，等待公公婆婆坐好了，调好琴弦抚琴歌唱。

诗中描写了汉时的高门望族，父慈子孝、兄友弟恭、媳妇贤

云纹漆圆壶（汉）

良，家中的居处用度都很讲究。诗人在铺陈描写时透露出艳羡的情绪，一家人什么活都不需要做，只是玩乐，好不轻松惬意。而女子们织布做针线，也只是出于兴趣，或者表现自己的贤惠。这种白玉为堂金作马的奢华生活，正是汉代国力强盛的一种反映。诗中所用的层层铺排、渲染的笔法，体现出一种浑厚的力度和旺健的民族精神，从这首诗中，读者可以感受到汉代的强盛所带来的自信、大气的风度。

这首诗的“大妇织绮罗”以后的六句，通过写三位媳妇的所为来展现豪富之家的家风和天伦之乐，同时也暗示媳妇们各有所长，操持家事井井有条。后代诗人摘取这六句进行摹写，形成了《三妇艳》等一系列新的乐府诗。《乐府诗集》里收录的《三妇艳诗》就有 21 首之多，多为专咏美艳妻妾的绮艳之作。

鸡 鸣

鸡鸣高树巅，狗吠深宫中。
荡子何所之？天下方太平。
刑法非有贷，柔协正乱名。
黄金为君门，碧玉为轩堂。
上有双樽酒，作使邯郸倡。
刘玉碧青甓，后出郭门王。
舍后有方池，池中双鸳鸯。
鸳鸯七十二，罗列自成行。
鸣声何啾啾，闻我殿东厢。
兄弟四五人，皆为侍中郎。
五日一时来，观者满路旁。
黄金络马头，颎颎何煌煌。

桃生露井上，李树生桃旁。
虫来啮桃根，李树代桃僵。
树木身相代，兄弟还相忘。

这首诗最早见于《宋书·乐志》，是经过魏晋时期的乐府机构修改的汉乐府古辞，在《乐府诗集》中属于“相和歌辞·相和曲”。有汉一代，有不少掌握朝政的外戚重臣原本出身寒微，往往因为裙带关系而一朝得势，位高权重。然而在权贵的勾心斗角、权力斗争中，往往转眼间又会身败名裂。这首诗正是诞生于这样的时代背景中，主旨在于揭露和感叹豪门贵族相互倾轧，盛衰无常。

诗中写道，鸡在高高的树上啼鸣，狗在深宫内吠叫。放纵不法的浪荡子都落得了应有的下场，天下才如此太平和乐、安宁祥和。刑法是不容侵犯的，那些乱名犯法的人都被抓起来治罪了，真是大快人心！这些浪荡子都是些什么人，敢于做这样不法的事情呢？他们都是出自高门大户的富贵子弟，且看他们的屋宇：用黄金做成的家门，碧玉做成堂上的阑干。在明堂上用酒樽喝着美酒，观看燕赵女子的歌舞表演。房上铺着上乘的碧青琉

褐釉双鸡盖陶囷（汉）

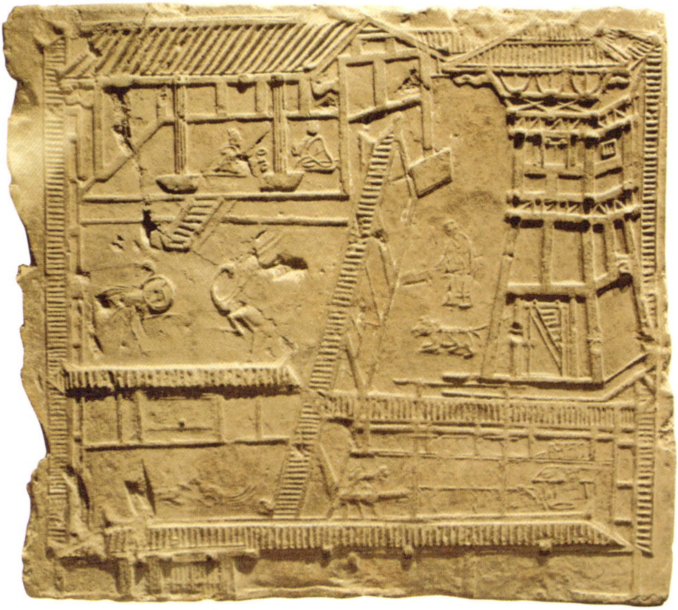

宅院画像砖（东汉）

璃瓦，像那些异姓诸侯王家一样华丽。屋子后面有方形的池塘，池子里养着供人观赏的鸳鸯鸟，羽毛绚丽，成双成对。鸳鸯有七十二只之多，它们排列成行，啾啾鸣叫着，在大堂的东厢房都能听得真切。家中兄弟四五个人，都做到了侍中郎的官职。五日归来拜谒父母的时候，围观的群众挤满了道路的两边。他们所乘的骏马，马络头是黄金镶镀的，多么闪亮耀眼。桃树生长在没有加盖的露井上，李子树生长在桃树边上。有虫子来咬桃树的根基，不料李树却代替了桃树受灾枯死了。树木的肉身相互代替，兄弟之间也是这样，这些富贵之家，浪荡子犯法，却是兄弟代替他受罚。

汉乐府描写统治阶层生活的诗作，多为祝颂之辞，比如《相逢行》。《鸡鸣》这首诗的题材甚至不少字句都取自《相逢行》，但

水榭人物画像石拓片（东汉）

是主旨却大异其趣，充满了讽刺之意。

诗篇以描写太平盛世起头，营造了一种祥和美好的氛围，且以一个“荡子”为线索，劝诫其不要因为天下太平而胡作非为。接下来，荡子讲述自己的家世，极尽铺排夸张之能事，渲染其起居、服饰、出行的堂皇华丽显赫。这个浪荡子一朝得势，炙手可热，骄纵奢侈。而这个家族的子弟也个个担任要职，并不是因为他们有才学有能力，而是因为家族的荫庇。这样令人艳羡的富贵显要并不是千秋万代的，很快就会灰飞烟灭。荡子一旦遭祸，以前趋附的人避之如仇，而骨肉兄弟也见死不救、各自保命，互相推诿，丑态百出。此时再回头看诗开头的升平祥和，不难看出太平背后隐藏的祸患，富贵底下潜伏的灾殃，太平盛世并不太平。

东门行

出东门，不顾归；
来入门，怅欲悲；
盎中无斗米储，还视架上无悬衣。
拔剑东门去，舍中儿母牵衣啼；
“他家但愿富贵，贱妾与君共哺糜。
上用仓浪天故，下当用此黄口儿，今非！”
“咄！行！吾去为迟！白发时下难久居。”

《东门行》是乐府古辞，载于《乐府诗集·相和歌辞》中。这首诗写的是一个男子因为家中穷困，经过内心斗争，不顾妻子的劝阻，愤然拔剑、铤而走险的过程。直白的对话，简单的动作，讲述的却是一介平民不得已选择为恶的痛苦与挣扎。诗中写道：走出家门向着东门行去，不知道是否还能回来。为什么要踏上这样一条不归路？实在是无可奈何。走进家里四面看看，就只有怅惘与悲愁。米缸里几乎没有粮食，架子上也没有挂着的衣服，我愤然拔出剑来，要往东门走去。孩子的母亲哭着拽住我的衣裳说道："别人家的妻子也许都希望自己的丈夫大富大贵，能够跟着过上富足的日子，但是我只希望能够和你在一起，即便只是吃粥也是好的。上有苍天，下有这样年幼的孩子，你不可以这样去做！"面对妻子的哀告，我何尝不明白这个道理，何尝愿意做出这样的选择？但与其眼睁睁看着妻儿被饥饿折磨，不如去冒一次险。我对妻子说："这事你不要管了！我得走了！我已经去得太迟了，这个世道，就算是白发老翁也很难安稳过活了！"

这首诗大约诞生于东汉末年。那是一个朝政腐败、宦官当权、战祸频仍的时代。社会贫富差距严重，都城里的权贵们衣服、车马、家宅都极度豪华，而许多底层的农民却连丰年都不得饱食，荒年甚至时常发生人吃人的悲剧。《东门行》的故事正是在这样的背景之下发生的。

一个本来安分守己的人为什么会走上危险之路，这是一个很复杂的过程。这首诗紧紧抓住主人公几度徘徊、归而复出这一过程中的心理挣扎，又通过描述丈夫与妻子的对话，写出了主人公做出

盘龙柄铜剑（西汉）

春米画像砖（汉）

最后决定的无奈与必然。家中一贫如洗，妻子、儿女衣食全无，男人要么坐以待毙，要么拼尽自己一腔热血，与命运做最后一搏。他也知道这样做无异于饮鸩止渴，但是情势所逼，即使有万分之一的希望，也只能不顾一切地去铤而走险。

“拔剑东门去”，是整个时代的悲剧。如果可以选择，百姓们更希望能在一个安稳的时代拿起纸笔、拿起书本、拿起锄头，做一个平凡的普通人，过一种不需要为性命与温饱担忧的生活。

妇病行

妇病连年累岁，传呼丈人前一言。
当言未及得言，不知泪下一何翩翩。
“属累君两三孤子，莫我儿饥且寒，
有过慎莫笪笞，行当折摇，思复念之！”
乱曰：抱时无衣，襦复无里。
闭门塞牖，舍孤儿到市。
道逢亲交，泣坐不能起。
从乞求与孤买饵，对交啼泣，泪不可止。
“我欲不伤悲不能已。”探怀中钱持授。
交入门，见孤儿啼索其母抱。
徘徊空舍中，“行复尔耳！”弃置勿复道。

这首诗在《乐府诗集》中属“相和歌辞·瑟调曲”，描写了一个穷苦人家妻子久病，不治而亡抛下幼子的凄惨故事。

龚贤《高岗茅屋图》（清）

多年久病在床的妇人知道自己大概已经时日不多了，便喊丈夫到床前交代最放心不下的事情。然而话还没有说出口，眼泪就流个不停。“这几个可怜的孩子就托付给你了，一定要照顾好他们，不要让他们挨饿受冻。他们如果有什么过错，也不要责打他们。由于忍饥挨饿，孩子们的身体已经非常虚弱，如果再遭受责打，他们也很快就会夭折的。你一定要记着我说的这些话。”

说完这些话没过多久，妻子就撒手人寰了。丈夫不放心把孩子留在家中，想要带着孩子到市集上买东西，抱起孩子来却发现虽然有短袄，却是单衣没有夹里，没有长衣服来给孩子御寒。他只好把门窗都关好堵好，把孩子留在家中，独自到市集上去。路上碰到了亲友，男人坐在地上哭得站都站不起来。他哭泣着向亲友诉说，不知为何日子过成了如此光景。“我没办法让自己不这样伤悲啊！”他边说边从怀里摸索着取出钱来交给亲友，请人帮忙买些食物回来。他回家进门见到孩子，孩子哭泣着想要让母亲抱，可是空空的房间里哪里还有妻子的身影。这些孩子们将来大概也是要受这样的苦难吧！

这首诗所讲的故事大致可分为托孤、买饵和索母三个段落。诗歌一开始，就是病妇向丈夫交代遗言。这位饱受病魔摧残的母亲临终之时，最难放下的就是自己的孩子，唠叨再三，谆谆嘱托，字字皆泪。主妇一死，留下孱弱幼小的儿女，对一个贫困的家庭来说，不啻是梁崩柱摧。丈夫失去了妻子，不仅是失去了精神的伴侣，更是失去了家中的后盾，混乱的生活让他的悲伤无法抑止。丈夫想要带孩子买食物，可是家中连外出穿的长衣都没有。从市集回到家中，面对寻找妈妈的孩子，他只能“徘徊空舍中”。这个“空”，既指的是家中无母无妻的空旷，也指的是无衣无食，家徒四壁。儿啼屋空，悲剧气氛愈加浓厚。

孤儿行

孤儿生，孤子遇生，命独当苦！父母在时，乘坚车，驾驷马。父母已去，兄嫂令我行贾。南到九江，东到齐与鲁。腊月来归。不敢自言苦。头多虮虱，面目多尘。大兄言办饭，大嫂言视马。上高堂，行取殿下堂，孤儿泪下如雨。

使我朝行汲，暮得水来归。手为错，足下无菲。怆怆履霜，中多蒺藜，拔断蒺藜肠肉中，怆欲悲。泪下渫渫，清涕累累。冬无复襦，夏无单衣。居生不乐，不如早去，下从地下黄泉！

春气动，草萌芽。三月蚕桑，六月收瓜。将是瓜车，来到还家。瓜车反覆，助我者少，啗瓜者多。愿还我蒂，兄与嫂严，独且急归，当兴校计。

乱曰：里中一何譊譊，愿欲寄尺书，将与地下父母，兄嫂难与久居。

《孤儿行》在《乐府诗集》中属于“相和歌辞·瑟调曲”，又名《孤子生行》《放歌行》。这首诗是汉乐府民歌中非常著名的一首叙事诗。与其他叙事诗不同，其所描绘的并不是生活的某一片段，而是描写了孤儿被兄嫂虐待的全过程，这种写法更加复杂。它是我国古代叙事诗由短篇向长篇，由单一情节向多情节发展过程中取得成就的重要诗作。

孤儿出生的时候，父母双亲对他呵护有加，过着与兄长一样的生活，出门乘坐四匹马拉的华丽坚固的车子，生活得十分优裕。但是父母去世之后，他的境况就完全不同了。兄长和嫂子打发孤儿出去经商，往南走，到过九江郡，往东走，到过齐鲁之地。出门在外的日子是辛苦的，在非常想家的时候，想想自己在家中的处境，也许在外的生活还更幸福些。到了腊月，孤儿才回到家里，头发上有很多虱子卵，脸上也沾满了尘土，但并不敢多说一句自己出门在外的辛苦。刚一进门，哥哥就打发他去准备饭食，嫂嫂又催他赶快去喂马。他在家中奔走忙碌，不得休息，泪水总是忍不住就流下来。

孤儿清早走着去很远的井边取水，到晚上才能回去，手上的皮肤干枯皴裂，而脚上连一双草鞋都没有。他伤心难过地踏着冰霜走着，路上还有长着尖刺的蒺藜草。拔去扎在腿上的蒺藜草，尖刺却折断在肉中剧痛难忍。孤儿走在路上心中绝望悲伤，不住地流下眼泪。兄嫂从未关心过自己的冷暖，冬天没有短夹袄御寒，夏天没有

深宅古井

单衣遮体。这样痛苦地活着，还不如早点死去，早点到黄泉去与父母团聚。

春天到来，绿草萌芽，在三月的时候要采桑养蚕，到了六月就要去收瓜。孤儿推着瓜车艰难前行，就快要回到家里了，不想瓜车却翻了。过来帮他的人没几个，而抢瓜吃的人却很多。他站在路上不知该如何是好，只希望大家吃完瓜把瓜蒂还回来。因为兄嫂对他特别严厉，希望有这些瓜蒂能向兄嫂做个交代，事到如今也只能这样。孤儿知道他们一定会责罚他，远远就听到家中院子里一片吵嚷，兄嫂已经开始在骂人了。孤儿多么想要写封书信寄给地下的父母，告诉他们，和兄嫂这样长久地居住下去实在是太难了。

人们从诗歌中能够了解到这个孤儿本是富家子弟出身，家里不仅有地产，还做着生意。然而即便有着如此令人羡慕的出身，也没能逃脱命运的不幸。父母死后，家业都由兄长继承。兄长作为封建家族的大家长是有权力支使小弟的，因此孤儿也就理所应当被当做奴仆压榨了。这种在今天看来很没有道德、很不符合伦理规范的行为，却并不触犯当时的律法，也是被当时的人们所普遍接受的。书写这首诗歌的起因，其实就是一件瓜车颠覆的普通小事，但对于这个孤儿来说却可能有着极为严重的后果，甚至可能因此丧命。所以，诗歌从父母在世时开始追叙，一步步的铺陈，写到当下的境况时已经惨痛得让人窒息了。这样的事情还会一件件发生，这样的日子还会一天天延续。

在乐府民歌中，生存的不易并不仅仅是简单的感慨叹息，而是用一个个不同的角度、一件件不同的事情、一幅幅不同的细节画面组成的，把这些诗歌放到一起，就组成了一个比较完整的全景画面。而能够真实记录民众的生活与思想，正是这些民间歌谣的重要价值所在。

朱耷《芦雁图》（清）

艳歌行

翩翩堂前燕，冬藏夏来见。
兄弟两三人，流宕在他县。
故衣谁当补？新衣谁当绽？
赖得贤主人，览取为吾绽。
夫婿从门来，斜倚西北眄。
“语卿且勿眄，水清石自见。”
石见何累累，远行不如归。

《艳歌行》为汉乐府古辞，《乐府诗集》收入“相和歌辞·瑟调曲”，共有两首，此处选的是第一首。这是一首抒发游子思乡之情的诗作，在汉代乐府诗中同主题的作品很多，大都是直接抒发愁情，而这首诗却十分特殊，营造了一个戏剧性的场面，借以表现游子的辛酸。

吴求《缝衣图》（清）

诗中写道：堂前屋檐下翩翩飞舞的燕子，冬天回到南方，夏天再飞来，总有一定的规律，每年都能回出生的故乡。而我们几个兄弟在他乡流离漂泊，居无定所，衣服旧了破了都没有人来帮着缝补，更没有人为我们裁剪新衣服了。多亏了这家好心的女主人，取来针线帮我把衣服缝补好。恰巧男主人从门中进来，斜倚着门框歪着头斜视着我，这样轻蔑的眼神，想是他对妻子为我缝补衣服十分不满，甚至可能对我们起了疑心。我只能告诉男主人：“请你不要这样斜眼看我，我和你妻子是清白的，就像清澈的河水中的石头一样。”虽然现在事情已经搞清楚了，但是远行在外还是不如回家的好啊。

这首诗歌匠心独运地从缝补衣服这样一件生活中的普通小事入手，讲述一个独特的经历，不是一般的文人可以想象出的，只有有着切身真实经历的底层民众才能写得出，这也正是民歌独特的价值所在。整首诗歌没有一句直接写到对家乡、对亲人的思念，但漂泊在外的尴尬与痛苦已经足够反衬出家乡生活的美好，诗人心中对家乡的思念、对归家的向往也就不言自明了。

中国人的传统观念是落叶归根，漂泊异乡的游子老时一定要回到养育自己的地方，才会没有遗憾。这首诗写的是“兄弟两三人”流浪他乡时遭遇的一个尴尬场面，将离家的悲戚隐藏在活泼诙谐的叙事之中。清代学者李因笃在《汉诗音注》中说：“‘石见何累累’，承之曰‘远行不如归’，接法高绝。非远行何以有补衣之举，故触事思归也。”遭受的误解更加勾起了游子思归的情绪。

悲歌

悲歌可以当泣，远望可以当归。
思念故乡，郁郁累累。
欲归家无人，欲渡河无船。
心思不能言，肠中车轮转。

《悲歌》属于汉乐府古辞，收在《乐府诗集·杂曲歌辞》中。

这首诗的第一句就是“悲歌可以当泣”，没有任何事件背景的交代，似乎这位悲歌的人在此之前已经不知哭泣过多少回了，以至最后以放声悲歌代替哭泣：“让我唱起这首悲伤的歌曲，代替痛苦的哭泣；让我登高向远方眺望，就当是回到了故乡。对于家乡的思念累积在心中，草木郁郁葱葱，山峦重重叠叠，遮断了望乡的视线。我想要启程回家，可是家中已经没有亲人了；我想要渡河，可是却没有船只。心中的思乡之情和痛苦遭遇无法向人诉说，就像车轮在肠子里转动一般，引起阵阵疼痛。”游子对家乡的这种思念，在这首诗歌中表达得特别哀婉深沉，但同时却也写得古朴质直，被世人

仇英《秋江待渡图》（明）

评为“乐府中无上妙品”也是很有道理的。

《悲歌》开头两句“悲歌可以当泣，远望可以当归”是最为人所知的名句，就像是突然发出的呼喊，直刺入人的内心，引起无数读者的共鸣。其实谁都知道，悲歌代替不了痛哭，登高远望也代替不了归家，只是聊以解忧，无可奈何罢了。

“欲归家无人，欲渡河无船。”这似乎是思乡而不归乡的原因。家还在那里，可是亲人却已不在。“欲渡河无船”令人联想起李白在《行路难》中说的“欲渡黄河冰塞川，将登太行雪满山”。行路难，不仅是眼前道路艰险难行，而且象征人生道路的艰难坎坷，前途茫茫。游子处境的不幸与艰难在诗歌中得到了充分的体现，那种“肠中车轮转”的心情也就更容易理解了。

古 歌

秋风萧萧愁杀人，出亦愁，入亦愁。
座中何人，谁不怀忧？令我白头。
胡地多飙风，树木何修修。
离家日趋远，衣带日趋缓，
心思不能言，肠中车轮转。

《古歌》在《乐府诗集》中收入“杂曲歌辞”，是在“胡地”漂泊的游子思念故乡的诗。

战国时的诗人宋玉在《九辩》中写道：“悲哉！秋之为气也，萧瑟兮草木摇落而变衰。”这首诗的第一句写的也是这个意思，秋风肃杀令人悲愁，出门也忧愁，进门也忧愁，如影随形，无法排遣。然而并不是只有我一个人忧愁，在座的哪一个人不是忧愁的呢？或者说，人生在世，谁不是怀着种种忧愁呢？真是令人愁白了头。北

戈壁滩上的胡杨林

方胡人的地方环境恶劣，经常刮起疾风，吹得树木都干枯了。目睹着眼前的萧瑟凄凉，走得离家越来越远，愁得人日渐消瘦，衣带也越来越宽松了。心中的忧虑不断郁结，无法言说，像车轮在肠子中搅动一样痛苦难耐。

这首乐府古辞与《悲歌》在布局与语言表达上有不少相似之处，表达相同的主题，使用相似的套语，更容易达成情感的共鸣。东汉朝廷曾多次对北方的羌人用兵，战争延续十数年，领兵贪功无能，被征发离乡的戍卒“进不得力战，退不得温饱”，许多人都丧生于胡地，不得归乡。这正是《古歌》这一类作品产生的背景。读者仿佛可以看到一个形销骨立的戍卒，独伫于塞外荒漠，默默地遥望家乡的方向，而等待他的很可能是客死异乡的结局。

怨旷思惟歌

秋木萋萋，其叶萎黄。有鸟处山，集于苞桑。
养育毛羽，形容生光。既得升云，上游曲房。
离宫绝旷，身体摧藏。志念抑沈，不得颉颃。
虽得委食，心有徊徨。我独伊何，改往变常。
翩翩之燕，远集西羌。高山峨峨，河水泱泱。
父兮母兮，道里悠长。呜呼哀哉，忧心恻伤。

《怨旷思惟歌》在《乐府诗集》中收入“琴歌曲辞”。这首诗相传是西汉时的宫女、古代四大美女之一王昭君所作，是一首古琴曲，最早记录于传为东汉蔡邕所撰的《琴操》中。但由于原书已经散佚，故对于《怨旷思惟歌》及《琴操》的作者及创作年代都有不少争议。

据史书记载，王昭君名嫱，字昭君，是西汉南郡秭归人，因为容貌姣好，汉元帝时被选入后宫。当时后宫里美女如云，汉元帝无法一一召见，就让画工把这些宫女的容貌画下来，根据画来选择侍寝的妃子。而宫女们为了得到皇帝的宠幸，纷纷贿赂画工，以求把自己画得漂亮一些。可是王昭君生性高傲，不愿这样做。因此，画工怀恨在心，将她画得很丑，以至昭君进宫几年中连皇帝的面也没见过。竟宁元年（前 33）春天，匈奴的呼韩邪单于与汉室通好，前来朝见汉元帝，并请求和亲，获得汉元帝允准。王昭君因为早已积怨在心，毅然自请出塞和亲。临行时，汉元帝召见昭君，才发现她美丽异常，光彩照人，后宫中竟无人可比。元帝心中十分悔恨，想把她留下，可又不能失信于匈奴单于，只好让她出关而去。王昭君嫁予呼韩邪单于后被封为“宁胡阏氏”，死后葬于大黑河南岸，再也没能回到汉地。

这首诗中写道，秋天到了，原来郁郁葱葱的树木叶子开始变黄。山林中的鸟儿停在丛生的桑树间鸣叫，山水间养育的鸟羽毛格外光彩亮丽。天边的云彩缓缓成形，飘进宫墙。在这空旷寂寞的宫殿中，渴望自由的身体慢慢枯萎、消瘦。梦想和思念压在心头，却不能像鸟儿一般欢乐的翱翔天际。虽然有美味的食物放在眼前，心中却只有哀愁彷徨。为何独独是我这样的不幸，总是会遭遇这样那样的变故。燕子已经翩翩起舞，飞向那远处的西羌。经过巍峨高耸的群山，经过流水汤汤的河流。父亲啊，母亲啊，女儿出嫁的道路是如此的漫长。呜呼哎呀，该如何表达我心中的哀伤与幽怨?

一般认为这首《怨旷思惟歌》抒写了王昭君在去往匈奴大漠途中忐忑与哀怨的情绪。“我本汉家子，将适单于庭”，对于王昭君来说，未来的生活完全是未知的，从长安到匈奴地界山高路远，风雪黄沙，环境恶劣，而且游牧民族的生活习惯与汉地差异巨大，适应起来殊为不易，更不用说要嫁给连语言都不通的异族丈夫了。这其

冷枚《昭君出塞图》（清）

中的哀怨与愁苦打动了许多后世的诗家文人。关于王昭君的故事，自汉以后有着太多文学作品的书写，李白、杜甫、白居易、苏轼、马致远都在诗歌、戏剧中代王昭君诉说了千年的愁苦。如李白的名作《王昭君》：

汉家秦地月，流影照明妃。
一上玉关道，天涯去不归。
汉月还从东海出，明妃西嫁无来日。
燕支长寒雪作花，蛾眉憔悴没胡沙。
生乏黄金枉图画，死留青冢使人嗟。

相较而言，这首《怨旷思惟歌》是不是由王昭君本人所写已经不那么重要了，正如杜甫所说“千载琵琶作胡语，分明怨恨曲中论”，诗中表达出的和亲女子的孤独哀伤与彷徨是更值得细细体味的。

思悲翁

思悲翁，唐思，夺我美人侵以遇。

悲翁也，但我思。蓬首狗，逐狡兔，食交君。

枭子五，枭母六，拉沓高飞暮安宿。

《思悲翁》是汉代“铙歌十八曲”之一，在《乐府诗集》中收入“鼓吹曲辞”。

这首短诗乍看上去很像是一首直抒思念的思妇诗，接着读下去却发现远不是那么浪漫的事。“多么思念我可怜的丈夫，却也只是徒劳，这样白白的思念有什么用处，他已经被恶人劫掠走了，我的家也这样被毁了。”一家人在路上行走，甚至只是在家中生活，便会突然遭此飞来横祸，在成诗的那个时代却并不少见。“我可怜无辜的丈夫，他在被劫走的时候还在想念着我的吧，希望我能够侥幸逃脱。幸好我也确实逃过一劫，又突然遇到这些恶狗一样凶狠的人，像追逐食物一样追赶我们，无处逃生。现在我带着孩子逃脱了那个危险的地方，但我的家已经没有了，晚上要到哪里去安睡也不得而知。”

对于这个妇人来说，丈夫被劫走显然并不是悲剧的结束，而是悲剧的真正开始。在这样一个乱世当中，孤儿寡母无依无靠要如何生活？诗歌没有再讲述下去，故事的结局却是可以想象得出的。所以这个悲伤的故事实在没有什么吸引人的，从悲伤到更悲伤，只有一个被劫掠的高潮事件能被剪裁到诗歌里。这次可怕的劫掠，其目的在诗中表达得并不明确，无非是抢人或者抢钱。但不论是要抓人力去充军征战，还是要以人质为威胁勒索钱财，结果都是人们不愿意再去想象的。在那样的时代，男女老幼都是弱者，噩运会无端降临，仿佛家破人亡并不是什么稀奇的事情。整首诗都以第一人称的视角展开，作为事件亲历者的惊惧、悲伤、庆幸、无奈都从诗句中强烈地表现出来，让人不由得为这位妇人担忧、难过。相较之下，相同题材的《平陵东》则没有那么多直白的控诉，更像是受到惊吓后不安地念念叨叨，节奏短促的语句却有着强烈的痛与恨。

五噫歌

陟彼北邙兮，噫！
顾瞻帝京兮，噫！
宫室崔嵬兮，噫！
民之劬劳兮，噫！
辽辽未央兮，噫！

这首《五噫歌》出自《后汉书·梁鸿传》，在《乐府诗集》中收入“杂歌谣辞”。全诗仅有五句，每句后有一个“噫”字感叹，是楚歌的一种变体。

梁鸿是东汉时期的名士，字伯鸾，自幼家贫，以博学著称。据《后汉书》记载，汉章帝时，梁鸿有一次有事东出函谷关，路过北邙山时，登上山顶望见京城洛阳的宫殿宏大华丽，感慨百姓疾苦，于是作了这首诗。

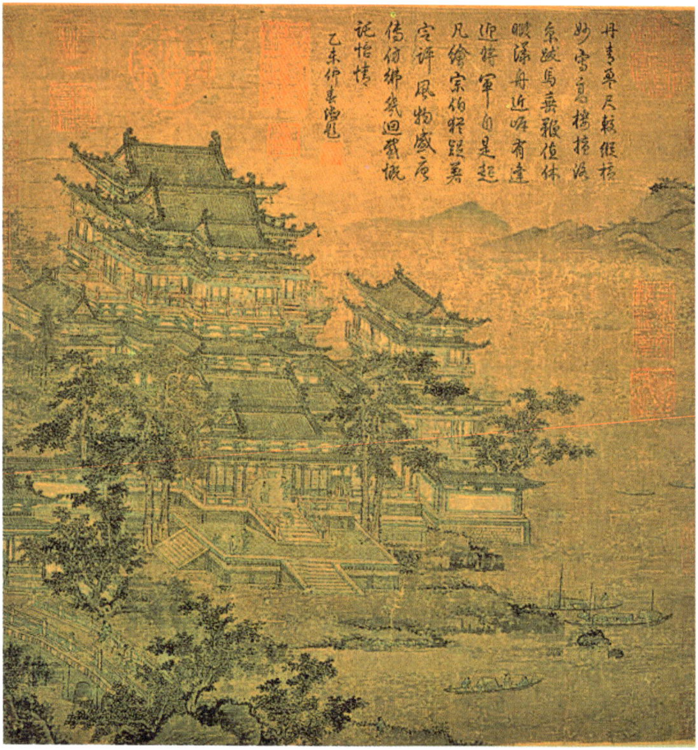

李昭道《洛阳楼图轴》（唐）

诗中写道，登上北邙山，看到章帝居住的京城洛阳，城中的宫殿楼阁都是那么恢宏壮丽，都是百姓辛苦劳作的成果，不知洒了多少血汗，遥远漫长无止境啊！

全诗五句，画面情感环环相扣，如同电影蒙太奇的剪辑一般，以眼前之景诉心中之忧。梁鸿由于本就出身于贫民家庭，曾经亲自耕织，对百姓的苦难十分了解，所以在看到帝王“宫阙崔嵬”时首先想到的就是百姓的血汗。清代张玉穀曾在《古诗赏析》中评此诗：“无穷悲痛，全在五个‘噫’字托出，真是创体。”由于这首诗对汉章帝广建宫室、不恤民力的讽刺非常直接，汉章帝看后十分恼火，下诏官府全力搜捕梁鸿。梁鸿只得更名换姓，避居齐鲁，后又逃到吴地隐居，才得以保全性命。

卫贤《高士图》（五代）

说起梁鸿，更被大家广为知晓的是他与妻子“举案齐眉”的典故。他们夫妻在吴地时，住在当地大族皋伯通家宅的廊下小屋中，靠为人舂米过活。皋伯通初时并未留意梁鸿是何等人物。一天，他偶然看见梁鸿的妻子孟光给梁鸿送饭，恭恭敬敬地走到丈夫面前，低着头不敢仰视，还把装饭的盘子高举齐眉，请丈夫进餐。皋伯通大吃一惊，心想此人的妻子如此守礼，那此人定是高人。他立即把梁鸿全家迁进他的家宅中居住，并供给他们衣食。梁鸿与孟光“举案齐眉”的故事也在后世传为佳话。

城中谣

城中好高髻，四方高一尺。
城中好广眉，四方且半额。
城中好大袖，四方全匹帛。

《城中谣》是东汉初流行在京城洛阳的一首童谣，《乐府诗集》将其收在“杂歌谣辞”中。

诗中说，如果京城里的人喜欢高高的发式，那么四面八方的人们就会把发髻高高盘起，高达一尺。京城里的人若描宽眉，四方的人们就会把眉毛描到占半个额头那么宽。京城里如果流行宽大衣袖，那么外地人就会用整匹的帛去制作衣袖。

《后汉书 · 马廖传》中，马援之子马廖上疏劝皇太后施行德政，说：“夫改政移风，必有其本。”他先举历史上的事例，说：“吴王好剑客，百姓多钉瘢。楚王好小腰，宫中多饿死。”接着，他又为太后念诵了当时民间流传的《城中谣》，指出“吏不奉法，良由慢起京师”。所谓上行下效，京城的一举一动，对全国的影响都很大，实际上是强调宫中的影响更大。古往今来，为政者往往担心政令发布后难以贯彻实行，但这首诗同时也在提醒人们，政令如果被“过度执行”，其负面影响也会很大。

十字形高髻女俑（北魏）

说起我国古代女人们的发式，五花八门，种类繁多，丝毫不逊于今天。而且每个时代都有比较流行的发型，比如汉代的倭堕髻，北朝的十字髻，唐代的灵蛇髻、飞天髻，宋代的朝天髻、同心髻等。诗中说“城中好高髻”，其实高髻最为流行的时期要数唐代，而且式样众多，这在唐代诗人的诗作中也有不少记录。如李贺的“峨髻愁暮云”，峨髻就是高高耸起犹如山峰的发髻。卢微君的“城中皆一尺，非妾髻鬟高”；元微之的“髻鬟峨峨高一尺”，字句明显受到了《城中谣》的影响，也反映出当时的流行风尚。

对于古代女性来说，眉毛有着特殊的魅力，是表情达意的重要部位，所以画眉也是女人们修容打扮的重要一项，也是各个时期流行时尚的一部分。古时女子常将原有的眉毛剃去，用烧焦的柳条或黑色矿石制成的青黑色颜料，画出各种眉形，曰“黛眉”。古代黛眉名目繁多，细而长叫“蛾眉”，宽而阔的叫“广眉”。唐代画家张萱的《簪花仕女图》中几位贵族妇女的眉饰，就是广眉的一种。

《簪花仕女图》中画广眉的仕女

军旅与战争

汉代是中国历史上第二个大一统的封建王朝，疆域辽阔、国力强盛、文化发达，令人神往。但是大汉的强盛始终伴随着战争，尤其是西汉武帝在位期间，对周边民族的战争前后持续四十余年，兵连祸结，百姓在沉重的兵役和税赋负担之下受尽折磨，民不聊生。乐府诗中就有不少作品控诉了战争造成的家破人亡的悲剧。

东 光

东光乎？仓梧何不乎？

仓梧多腐粟，无益诸军粮。

诸军游荡子，早行多悲伤。

这首《东光》在《乐府诗集》中收入“相和歌辞”，一般认为是汉武帝时期军中的歌谣。西汉经过文景时期的休养生息，至武帝时国力达到强盛，因此武帝时期外战四夷，内平东瓯、闽越，战火频繁。这些战争不论是被评价为“开疆拓土”，还是被评价为“穷兵黩武”，其结果都如《史记》中所说的：“兵连而不解，天下苦其劳。”其中最苦的当然是远离家园、征战疆场的战士。对于安土重迁的中原百姓来说，离开自己的家乡土地本就已经是一件足够悲伤的事情，更何况还要不远万里去到环境迥然不同的塞外和南疆。行军的艰难、环境的不适应，甚至对供给无法保证的忧虑，这些被宏大的历史叙述所淹没、所忽略的细节，都需要通过《东光》这样的民间歌谣一一呈现。

"天应该亮了吧？仓梧为什么还看不到光亮呢？"人们平日的生活总是日出而作日落而息的，行军的生活虽然有时需要日夜兼程，但能够通过周围环境准确地感知时间，总归是能够让人比较心安的。但来到仓梧，即使到了早上天却依旧灰蒙蒙的，是为什么呢？原来仓梧地处广西，是瘴疠潮湿之地，到了早上便会大雾弥漫，天亮了也还是阴沉沉的。所以仓梧积存的粮食也多半是腐烂变质的，不能作为军粮来补给军队。"我们这些战士为国奔走辛劳，甚至战死沙场，但却连最基本的粮食供给都不能保证。战士们还要在这样阴郁的早上行军，多么让人感到悲伤呀！"

陶兵马俑（汉）

汉武帝时期，今广东一带的南越国相作乱，杀害国王和太后及汉朝使者。汉武帝派人从今湖南等地出兵讨伐，进攻仓梧，即今广西梧州。梧州地方潮湿，多瘴气，出征士兵多有不满。这首诗写的就是这种怨愤之情。昏暗的早晨，昏暗的环境，衬托出更加昏暗的氛围和心境。诗歌以设问仓梧天为何不亮这个不同寻常的景象写起，承接由于气候潮湿粮食腐败，无法作为军粮供给，最后回到我们这些早行的游荡子的悲伤。文意跳跃却又逻辑合理，结构紧凑，突起突承，文势桀骜不凡。行役的艰难与战争的漫长，让一种近乎绝望却又无可奈何的气息在诗歌中和诗人的心里蔓延。

战城南

战城南，死郭北，野死不葬乌可食。
为我谓乌："且为客豪！
野死谅不葬，腐肉安能去子逃？"
水深激激，蒲苇冥冥，
枭骑战斗死，驽马徘徊鸣。
梁筑室，何以南，何以北？
禾黍不获君何食？愿为忠臣安可得？
思子良臣，良臣诚可思；
朝行出攻，暮不夜归！

《战城南》是汉代乐府旧题，属"铙歌十八曲"之一。

战斗结束后的城郊，阴森幽暗，尸骨累累，乌鸦争食着战死者的尸体，甚至都顾不上发出鸣叫。旁观的作者不知是意外经过，还是侥幸逃生，一边感慨着这些士兵曝尸城外、野死不葬的悲哀，一边乞求乌鸦能先为死者哀鸣招魂：“请为他们哭号悼念吧，战死荒野不得埋葬已是不堪了，难道连腐肉都不能逃过你们的口吗？”作者向鸟兽乞求慈悲的行为看上去似乎特别荒谬，但又有什么能比早已丧失慈悲之心的同胞相残的战争更荒谬的呢？流水默默淌过，蒲苇密密生长着、摇曳着，给这个死寂的地方更增添了一分鬼魅的色彩。骁勇的战马也都随着它们的主人战死沙场，只有几匹侥幸逃过一劫的劣马还在徘徊、嘶鸣。战争造成的影响是深远的、宏大的，不仅仅意味着个体的死亡，更意味着国家交通、经济、政治的崩溃。“战争中在桥梁上建筑了工事，南北的交通都受到了阻碍。田地荒芜，庄稼没有收成，君主要吃什么？将士要吃什么？在这样残酷的环境里能够做得了臣子忠民吗？你们这些国家的良臣，哪里想得到将士们早上出营作战，晚上就没能回去了。由这些支离破碎的尸体来注解战争的残酷和无法预知，应当最合适不过了。”

彩绘步兵俑（汉）

《战城南》先是静中写动，写在暴露的尸体上抢食的乌鸦，以及诗人对乌鸦的哀求，再通过幽暗阴森环境中驽马的悲鸣衬托战场的死寂，以动写静，在动静交错中营造出一种独特的战场氛围。天地的无情，此时却也似乎有着一份悲悯。接着诗人想到了战争对于国家和人民造成的伤害，是那样的惨痛却无法避免。末句回到眼

鎏金铜骑马俑（汉）

前，慨叹暮色中这些狼藉破烂的身体，曾经在早上还都是为国征战的勇士！诗歌没有直接对战争做出评判，只是通过具体而残酷的场景描写，来揭露战争的罪恶，表达诗人对于战争的憎恶和诅咒。

后世文人常以《战城南》为题作诗，比较著名的有南朝诗人何承天，唐代诗人卢照邻、杨炯、李白等人的作品。如李白的《战城南》的最后写道：

野战格斗死，败马号鸣向天悲。
乌鸢啄人肠，衔飞上挂枯树枝。
士卒涂草莽，将军空尔为。
乃知兵者是凶器，圣人不得已而用之。

十五从军征

十五从军征，八十始得归。
道逢乡里人：“家中有阿谁？”
“遥看是君家，松柏冢累累。”
兔从狗窦入，雉从梁上飞。
中庭生旅谷，井上生旅葵。
舂谷持作饭，采葵持作羹。
羹饭一时熟，不知贻阿谁。
出门东向看，泪落沾我衣。

《十五从军征》出自《乐府诗集·横吹曲辞》。

诗中的主人公是一个暮年还乡的老兵，他十五岁就跟随军队四处征战，到了八十岁才终于能够回家。在路上碰到了同乡的邻人，打听起自己家中的情况，问起家中还有谁在。邻人回答道：“那边就是你家了。”老兵顺着邻人所指的方向望过去，只看到满山的松柏间一个接一个的坟堆。走到了近处，看到兔子从狗洞里窜进跳出，野鸡在屋脊上飞来飞去。走进院子里，发现天井下长满了野生的谷子，水井旁边丛生着野葵菜，一片荒凉景象。老兵把野谷拿来舂好做成饭，又摘下葵菜拿来做汤。饭和汤都做熟的时候，他端着碗却不知该送给谁吃。走出门外，向东望到累累的坟冢，眼泪不由自主地往下掉，沾湿了衣裳。

与《战城南》一样，《十五从军征》也是写战争结束以后的景象，但不是写战后战场的悲凉，而是写战后老兵比悲凉更难当的绝望。诗歌特意忽略主人公多年来或辛苦、或豪迈、或悲壮的征战生涯，而从归家起笔。这个老兵不知想家想了多少年，走了多远的路，才回到了家，本应重享天伦，不料亲人都已亡故，只剩下他孑然一身。他回到家中看到禽兽盘踞，野草丛生，家已经颓败不堪，一时间茫然不知所措。他只是按照常理，舂米摘菜做羹汤。直到做好了饭菜，才反应过来已经没有人会吃他做的饭菜了。没有父母需要供养，更没有儿孙陪伴，他悲伤的情绪终于积聚到顶峰，此时终于崩溃，泪如泉涌。持久而残酷的战争早已抹杀了人们对于美好生活的期

龙首烟囱红陶灶（汉）

龚贤《江村渔隐图》（清）

待。战争不仅造成家园的荒芜，更造成家人的离散、亲情的疏离。战争的结束，并不意味着新生活的开始，而是意味着活着的人还要继续经历苦难。战争打破的平静生活，其实从来都无法复原。

唐代诗人杜甫的《无家别》无论在题材、主题还是艺术技巧等方面，都与《十五从军征》有异曲同工之妙，尤其是以下几句："存者无消息，死者为尘泥。贱子因阵败，归来寻旧蹊。久行见空巷，日瘦气惨凄。但对狐与狸，竖毛怒我啼。四邻何所有，一二老寡妻。宿鸟恋本枝，安辞且穷栖。"可以说杜甫在创作《无家别》时受《十五从军征》的影响很大。时代虽然不同，但是战乱给民众带来的苦痛却是相通的。

木兰诗

唧唧复唧唧，木兰当户织。不闻机杼声，惟闻女叹息。问女何所思？问女何所忆？“女亦无所思，女亦无所忆。昨夜见军帖，可汗大点兵。军书十二卷，卷卷有爷名。阿爷无大儿，木兰无长兄。愿为市鞍马，从此替爷征。”东市买骏马，西市买鞍鞯，南市买辔头，北市买长鞭。朝辞爷娘去，暮宿黄河边。不闻爷娘唤女声，但闻黄河流水鸣溅溅。旦辞黄河去，暮至黑山头。不闻爷娘唤女声，但闻燕山胡骑鸣啾啾。万里赴戎机，关山度若飞。朔气传金柝，寒光照铁衣。将军百战死，壮士十年归。

归来见天子，天子坐明堂。策勋十二转，赏赐百千强。可汗问所欲，木兰不用尚书郎，愿借明驼千里足，送儿还故乡。

爷娘闻女来，出郭相扶将。阿姊闻妹来，当户理红妆。小弟闻姊来，磨刀霍霍向猪羊。开我东阁门，坐我西阁床。脱我战时袍，着我旧时裳。当窗理云鬓，对镜贴花黄。出门看火伴，火伴皆惊忙：同行十二年，不知木兰是女郎。

雄兔脚扑朔，雌兔眼迷离。两兔傍地走，安能辨我是雄雌？

《木兰诗》是一首北朝民歌，《乐府诗集》归入“横吹曲辞 · 梁鼓角横吹曲”中。

唧唧复唧唧，织机的咿呀声徐徐传出，木兰每日的生活就是在闺房中织布。今日却没有听到织布的声响，只听到女孩子在屋里叹气。父亲问女儿思索的是什么，怀念的又是什么。“女儿没有在思索什么，也没有在怀念什么，只是昨天夜里看到了征兵的文书，知道可汗要大规模地招募士兵。文书有好多卷，每卷上都有父亲的名字。父亲没有成年的儿子，木兰也没有成年的兄长，所以我愿购买鞍马，代替父亲从军作战。”天子一道文书发出，就这样改变了这个女孩子和

豫剧《花木兰》角色绢人

家庭的命运。木兰不愿自己的父亲经受征战的辛劳，也不愿家中失去父亲的支撑，所以有了替父从军的大胆想法。

木兰在周边的市集上买来战马，又买了马鞍、辔头和马鞭这些马具，整理戎装，做好了出征的准备。早上辞别了父母，一路奔驰，晚上便夜宿在黄河边。木兰再听不到爹娘对女儿的呼唤，只能听到黄河水流溅溅。她早上从黄河边出发继续行军，晚上到达黑山脚下，早已听不见爹娘呼唤女儿的声音，只听到燕山胡兵战马啾啾的嘶鸣。

木兰不远万里，赶赴战场，像飞一样越过一座座山，跨过一道道关卡。寒冷的空气里传来守夜人的打梆子声响，清冷的月色映照在铁甲上。将士们历经了生死百战、杀伐十年，终于得以凯旋归朝。天子在朝堂上奖赏了还朝的将士。木兰功勋卓著，得到了千百金的赏赐。天子问木兰想要什么，木兰回答说自己不稀罕当尚书郎的封赐，只求天子赏赐一匹精壮的骆驼，能够走千里的路途，将自己送回故乡。

爹娘听闻木兰回来了，走到城外来迎接。姐姐知道妹妹要回来，对着窗前镜子整理自己的妆容。弟弟听说姐姐回来了，磨刀霍霍宰猪烹羊，准备团圆的家宴。木兰回到家中，打开闺房的门坐到自己的床上，脱去了身上的铠甲战袍，换回以前穿着的女式裙装，对着镜子整理头发鬓角，贴上花黄饰品。木兰打扮完毕，出门去见一起回来的战友，战友们都非常惊讶："我们朝夕相处十二年了，居然不知道木兰是个女子！"雄兔脚步跳跃，雌兔目光模糊，两只兔子靠在一起行走，怎么能辨别出谁雄谁雌呢?

《木兰诗》讲述了一个充满了戏剧性的故事，也是一个巾帼英雄的传奇。从历史地理的条件可以判定，诗中的战事应该是发生于北魏与柔然之间。也许木兰不如南方女子矜持温婉，但也正是她独特的潇洒个性成就了这段传奇。北地女子"褰裙逐马如卷蓬，左射右射必叠双"（《魏书·李安世传》），有着不输于男子的英勇与豪迈。也正因为如此，《木兰诗》故事的开头虽然带有些许辛酸，但诗中却没有多少伤痛与悲戚，而是充满着潇洒利落。一般认为《木兰诗》是北朝民歌，所以诗歌受少数民族胡曲影响，诗意简洁明了，句式长短协调，韵律轻快。这样清朗豪迈的风格，与这个神奇的女子神奇的故事相得益彰，留下这首精彩的奇诗让人们感慨、向往、流连。

杂剧《四声猿·雌木兰替父从军》版画插图

可惜，据记载，木兰的故事最终的结局却是个悲剧。皇帝得知木兰女扮男装替父从军的事情，想把她收入后宫，但木兰宁死不从，最后自杀身亡。到了唐代高宗年间，朝廷追封花木兰为“孝烈将军”。民间还建有木兰祠，以纪念这位奇女子。唐代诗人杜牧曾写有《题木兰庙》一诗：“弯弓征战作男儿，梦里曾经与画眉。几度思归还把酒，拂云堆上祝明妃。”说明木兰的故事在唐代已经脍炙人口了。现河南虞城仍建有木兰祠，祠中设木兰像，并幸存两块祠碑，一是元代的《孝烈将军像辨正记》碑，二是清朝的《孝烈将军辨误正名记》碑。

胡笳十八拍

我生之初尚无为，我生之后汉祚衰。天不仁兮降乱离，地不仁兮使我逢此时。干戈日寻兮道路危，民卒流亡兮共哀悲。烟尘蔽野兮胡虏盛，志意乖兮节义亏。对殊俗兮非我宜，遭恶辱兮当告谁？笳一会兮琴一拍，心愤怨兮无人知。

戎羯逼我兮为室家，将我行兮向天涯。云山万重兮归路遐，疾风千里兮扬尘沙。人多暴猛兮如虺蛇，控弦被甲兮为骄奢。两拍张弦兮弦欲绝，志摧心折兮自悲嗟。

越汉国兮入胡城，亡家失身兮不如无生。毡裘为裳兮骨肉震惊，羯膻为味兮枉遏我情。鼙鼓喧兮从夜达明，胡风浩浩兮暗塞昏营。伤今感昔兮三拍成，衔悲畜恨兮何时平！

无日无夜兮不思我乡土，禀气含生兮莫过我最苦。天灾国乱兮人无主，唯我薄命兮没戎虏。俗殊心异兮身难处，嗜欲不同兮谁可与语！寻思涉历兮多艰阻，四拍成兮益凄楚。

雁南征兮欲寄边声，雁北归兮为得汉音。雁飞高兮邈难寻，空肠断兮思愔愔。攒眉向月兮抚雅琴，五拍泠泠兮意弥深。

冰霜凛凛兮身苦寒，饥对肉酪兮不能餐。夜闻陇水兮声呜咽，朝见长城兮路杳漫。追思往日兮行李难，六拍悲来兮欲罢弹。

日暮风悲兮边声四起，不知愁心兮说向谁是！原野萧条兮烽戍万里，俗贱老弱兮少壮为美。逐有水草兮安家葺垒，牛羊满野兮聚如蜂蚁。草尽水竭兮羊马皆徙，七拍流恨兮恶居于此。

为天有眼兮何不见我独漂流？为神有灵兮何事处我天南海北头？我不负天兮天何配我殊匹？我不负神兮神何殛我越荒州？制兹八拍兮拟排忧，何知曲成兮心转愁。

天无涯兮地无边，我心愁兮亦复然。人生倏忽兮如白驹之过隙，然不得欢乐兮当我之盛年。怨兮欲问天，天苍苍兮上无缘。举头仰望兮空云烟，九拍怀情兮谁与传？

城头烽火不曾灭，疆场征战何时歇？杀气朝朝冲塞门，胡风夜夜吹边月。故乡隔兮音尘绝，哭无声兮气将咽。一生辛苦兮缘别离，十拍悲深兮泪成血。

我非贪生而恶死，不能捐身兮心有以。生仍冀得兮归桑梓，死当埋骨兮长已矣。日居月诸兮在戎垒，胡人宠我兮有二子。鞠之育之兮不羞耻，愍之念之兮生长边鄙。十有一拍兮因兹起，哀响缠绵兮彻心髓。

东风应律兮暖气多，汉家天子兮布阳和。羌胡蹈舞兮共讴歌，两国交欢兮罢兵戈。忽遇汉使兮称近诏，遗千金兮赎妾身。喜得生还兮逢圣君，嗟别稚子兮会无因。十有二拍兮哀乐均，去住两情兮难具陈。

不谓残生兮却得旋归，抚抱胡儿兮泣下沾衣。汉使迎我兮四牡骓骓，胡儿号兮谁得知？与我生死兮逢此时，愁为子兮日无光辉，焉得羽翼兮将汝归。一步一远兮足难移，魂消影绝兮恩爱遗。十有三拍兮弦急调悲，肝肠搅刺兮人莫我知。

身归国兮儿莫之随，心悬悬兮长如饥。四时万物兮有盛衰，唯我愁苦兮不暂移。山高地阔兮见汝无期，更深夜阑兮梦汝来斯。梦中执手兮一喜一悲，觉后痛吾心兮无休歇时。十有四拍兮涕泪交垂，河水东流兮心是思。

十五拍兮节调促，气填胸兮谁识曲？处穹庐兮偶殊俗。愿得归来兮天从欲，再还汉国兮欢心足。心有怀兮愁转深，日月无私兮曾不照临。子母分离兮意难任，同天隔越兮如商参，生死不相知兮何处寻？

十六拍兮思茫茫，我与儿兮各一方。日东月西兮徒相望，不得相随兮空断肠。对萱草兮忧不忘，弹鸣琴兮情何伤？今别子兮归故乡，旧怨平兮新怨长！泣血仰头兮诉苍苍，胡为生我兮独罹此殃！

十七拍兮心鼻酸，关山阻修兮行路难。去时怀土兮心无绪，来时别儿兮思漫漫。塞上黄蒿兮枝枯叶干，沙场白骨兮刀痕箭瘢。风霜凛凛兮春夏寒，人马饥虺兮筋力单。岂知重得兮入长安，叹息欲绝兮泪阑干。

胡笳本自出胡中，缘琴翻出音律同。十八拍兮曲虽终，响有余兮思无穷。是知丝竹微妙兮均造化之功，哀乐各随人心兮有变则通。胡与汉兮异域殊风，天与地隔兮子西母东。苦我怨气兮浩于长空，六合虽广兮受之应不容！

《胡笳十八拍》在《乐府诗集》中收入“琴曲歌辞”，是一篇长达 1297 字的骚体叙事诗，相传是东汉末年的才女蔡琰所作。

蔡琰，字文姬，是东汉末年文学家、音乐家蔡邕的女儿。她自幼受到父亲的熏陶与教诲，能文擅诗，精通音律。蔡文姬 16 岁时嫁给世家子弟卫仲道，夫妇恩爱非常，可惜婚后不到一年卫仲道就病死了。于是蔡文姬回到娘家。汉末，南匈奴入侵中原，23 岁的蔡文姬在逃难途中被南匈奴左贤王掳走，其后又被左贤王纳为王妃。她在南匈奴居住了 12 年，并生下了两个孩子。建安十三年（208）曹操感念与好友蔡邕的交情，得知文姬流落南匈奴，立即派使者携带黄金千两、白璧一双，把她赎了回来。

蔡琰的这首《胡笳十八拍》被郭沫若评价为“自《离骚》以来最值得欣赏的长篇抒情诗”。从名字可以看出，《胡笳十八拍》是可以和“胡笳”这种少数民族吹奏乐器弹唱的一组古琴组曲，音乐上应该是有着少数民族风情的曲风，文辞上则继承了楚辞的风格。命运坎坷的女子，一边弹奏吟唱，一边流泪心伤：

我刚出生的时候，天下还兴盛太平，没有什么灾祸，我长大以后，汉王朝就开始衰落。上天不施仁德降下这些祸乱在世间，大地也

周慎堂《文姬踏歌图》（清）

没有仁心让我遭遇这样不幸的岁月。战乱四起，世道艰难，民众家破人亡流离失所，没有人不哀痛悲伤。战争的烽烟笼罩四野，野蛮的异族强悍的劫掠，我只能苟且地活着，意志与节义都无法保全。匈奴人的习俗与我汉家儿女差别很大，我没有办法适应，遭受这样的耻辱却只能默默忍受，没有谁可以诉说。胡笳吹奏一节，琴弹奏一拍，心中的愤怒与怨恨没有人能知晓。

异族逼迫我做姬妾，挟持我来到这天涯般遥远的地方。高耸入云的山峦重重，阻隔在遥远漫长的回乡路上，寒风吹得很猛烈不断地扬起沙尘。匈奴的士兵人数众多又特别残暴，像毒蛇一般，背着弓箭穿着铠甲，一路上对待我是那样蛮横凶悍。抚琴吟唱到第二节，心中悲伤得就要弹不下去了，这样的心志不断被摧残却也只能独自哀伤叹息。

越过汉朝的国境来到匈奴的地域，家人离散，贞洁失守，这样苟且活着还不如死去。裘皮衣穿在身上也感觉不到暖和，只觉得心惊胆战，食物都是腥膻的牛羊肉，实在是难以下咽。喧嚣的鼓声从晚上敲到天亮，让人难以入睡，北地的狂风卷着沙土吹了整夜，不知不觉就堵上了门。感慨昔日悲伤今时，琴曲三段制成，心中含着悲愤与仇恨，不知什么时候才能平息。

每日每夜都想念着自己的家乡，这个世上的生灵大概没有谁会比我命苦了。上天降下灾祸让国家离乱，民众没有人做主，只有我红颜薄命沦落在匈奴蛮夷中。风俗不同心有异，实在很难身处胡地，心中的苦闷能说给谁听啊！回想起自己此生的艰辛多难，四拍制成曲调更加的悲伤凄楚。

看到南飞的鸿雁，就想要寄封书信给家中。看到北归的鸿雁，多么希望可以得到家中的回音。大雁高飞入天际难以寻觅踪迹，徒然伤心，肝肠寸断，只能苦苦思念。紧锁眉头望着明月抚着琴，五拍曲调清幽，心中的愁怨更加幽深。

冰霜寒冷刺骨，像我的身世一样凄苦，即便是饥肠辘辘面对肉食奶酪也无心饱腹。夜里听到陇河水流的声音，呜呜咽咽的如同哭泣般，早上见到长城，想着归家的路漫漫不知在何处。想到往日西行的艰难，六拍弹过伤心得想要终止。

黄昏的时候北风吹过，呼啸着四面围绕，不知心中的仇恨能向谁诉说？原野上一片萧条，烽火布满万里。匈奴的风俗特别残酷，鄙视年老病弱的人，而以年轻力壮为美。安家筑营逐水草而居，草原上漫山遍野的牛羊像蜂蚁一样多。草吃光了、水用尽了就迁徙牛马离开，七拍唱罢余恨未消，实在不想要再过这种居无定所的漂泊生活。

如果说上天有眼那为何独独看不到我的孤苦漂泊？如果说神仙有灵的话为何让我这样天南海北的奔波？我没有辜负过上天，为何上天会给我这样不匹配的夫婿？我没有辜负过神灵，为何神灵让我沦落在如此荒凉的边地？制作第八拍曲子来排解忧愁，不想却让自己更加的忧伤。

苍天无涯地无边，我心中的忧伤也重新燃起。人生飞逝像是白驹过隙，然而我正值壮年却体会不到任何的快乐。怨恨至极想要问上天，上天茫茫无路可攀。抬头仰望云烟滚滚，九拍琴曲表达的情怀又能向谁流传？

城头的烽火一直都没有熄灭，疆场的征战不知什么时候能够停歇？腾腾的杀气充满城门，胡地的北风夜夜吹着边关的月亮。故乡的音信生生被隔绝，欲哭无泪伤痛得呼吸都快要断绝。一生的辛酸苦涩都来自离别，十拍唱出深深的悲伤，眼泪像血一样滴下来。

我并非贪生怕死，不能为家国捐躯自有原因。此生仍希望可以活着回到故乡，死后也要埋骨家乡才能安心瞑目。日日月月都在匈奴受煎熬，胡人丈夫宠爱我，我为他养育了两个儿子，而毫无羞耻之感。我时常哀怜这些孩子生长在边鄙荒远的地方。十一拍胡笳因此而作，缠绵的曲调弹出声声的哀怨，痛彻心扉。

大地回春，气候也温暖了很多，也许是汉家天子的讲和让空气布满和暖。羌人和胡人都一起载歌载舞共同欢庆歌唱，两国结交不

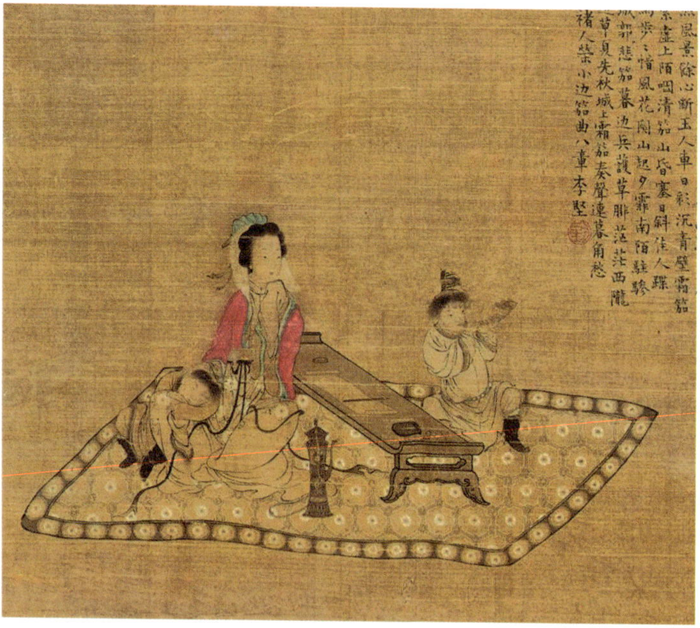

李坚《文姬思汉图》（清）

再兵戎相见。忽然遇到汉朝的使节，带来新近的诏书，赠送匈奴千金来赎买我回汉地。惊喜此生还能活着回来，幸好遇到了圣明的君主，又叹息着离开幼子，可能这辈子不复相见。十二拍吟唱得有哀有乐，去留两难难以说清。

不曾想到残生还能回到汉家，怀抱着在胡地生养的幼子，眼泪不住流下沾湿了衣裳。汉朝的使节用四马拉着的车来迎接我，幼子哭号着，谁人能知我心中的苦楚？生离死别的苦痛难忍，为何偏偏在这个时候又要面临骨肉分离？我愁痛得感觉太阳都失去了光亮，恨不得长出羽翼带着幼子一同回归。我一步一步地走远，脚步却越来越沉重难以移动，如何能够忍心与爱子决绝？十三拍胡笳的曲弦急调悲，肝肠寸断如同被棒搅，无人能理解我的心思。

虽然回到了汉地，但幼子却不能跟随我回来，心中的空虚就像长久的饥饿一样。四时万物都是有盛有衰，唯独我心中的愁苦没有片刻的转移。山高地远，与幼子相会无期，只有深夜梦到他们来到身边。梦中我们牵着手一会儿开心一会儿悲伤，醒后心中的痛楚从未停歇。胡笳十四拍涕泪横流，如滔滔江水东流，这都是我思念幼子的眼泪。

胡笳十五拍曲调急促，怒气填在胸腔谁能听出曲中的真意？在匈奴的时候住帐篷，风俗迥异。如今能天遂人愿归来汉地，虽然值得欢欣鼓舞，但心中却怀有无限愁苦。日月是无私的，却为何不能待我公平一点？母子分离令人如何能够承受？在同一片天空下却像参商二星一样难以相会，连幼子是生是死都不能知晓，让我如何寻觅？

十六拍琴曲思绪茫茫，我与幼子天各一方，像太阳与月亮一样只能相互遥望，不能与幼子相随只能相思断肠。对着忘忧草却不能忘记忧伤，弹琴吟唱却更加忧伤！如今别离幼子回归故乡，旧愁才平新愁又起！哭泣着仰头向苍天哭诉，为何让我这样活着遭受如此的煎熬？

胡笳十七拍吟唱着心痛鼻酸，关山重重行路艰难。离开故乡的时候怀念故土，心绪杂乱，归来的时候抛下了幼子，思绪漫漫。塞上野草泛黄枝叶干枯，战场上白骨累累还留着刀剑的痕迹。钻心的风霜冰凉刺骨，春夏之交的寒风比冬日更胜，人疲马乏浑身力气都已经用尽。想不到我能够再次回到长安，叹息得呼吸都要断绝，眼泪飞洒在栏杆上。

胡笳这种乐器出自胡地，改换琴曲也能够音律相通。十八拍琴曲已近尾声，琴声有尽但思绪却无穷。懂得音乐的美妙是上天的造化之功，悲哀和欢乐各随人心，要能够翻新变通。胡人与汉人有着不同的风俗差异，天与地相隔母子骨肉分离。我的哀怨比长空浩瀚，天地广阔却包容不下我的愁绪一片。

关于这首《胡笳十八拍》的作者究竟是谁，还是有一些争议的，也有很多学者认为是后世民间作者仿蔡文姬的口吻创作的。但这首诗歌确实非常细致入微地展现了蔡文姬个人的传奇命运和她极其特殊的心路历程。作为深受汉民族文化陶冶熏陶的女子，王昭君与蔡文姬被迫嫁入胡地的原因虽然不同，际遇虽然有些差别，但那份寂寞与凄凉、无助与痛苦却是共通的。这两位美女、才女都没能逃脱命运的捉弄，而那些被淹没在历史中的汉家和亲女不都是这般的可叹可怜吗？这两首诗歌，共同记录了那个时代和亲女子的不幸与哀伤，在历史中为她们留下了虽然微弱但也足够令人震撼的回响。

小麦谣

小麦青青大麦枯，
谁当获者妇与姑。
丈夫何在西击胡。
吏买马，君具车。
请为诸君鼓咙胡。

这首《小麦谣》出现在《后汉书 · 五行志》中，《乐府诗集》中属于“杂歌谣辞”，又题为《后汉桓帝初小麦童谣》。东汉安帝到桓帝时期，西部边疆的游牧民族羌人常常起兵作乱，有时甚至深入到今天的四川、陕西、山西甚至河北等地。羌人“来如风雨，去如绝弦”，掠夺财物，杀伤官民。东汉军队与羌人交战屡遭失败，东汉失去了大片土地。不断的战争不但使军费开支巨大，而且朝廷征发大量壮丁投入战场，造成许多乡村男丁被征调一空，农业生产受到极大的影响，甚至导致农田荒废。诗中写道，夏日里麦子成熟

麦田（图片提供：微图）

的时节，小麦青青的一片，而大麦已经要被晒得枯黄了，但是田地里只有老婆婆和年轻媳妇们在收割。家中的男人们都到哪里去了？他们都被征去西边打仗了。按照汉代的制度，被征发当兵的人须自行置办装备，买马备车。“吏买马，君具车”，指的是由于战争旷日持久，兵员严重不足，所以连下级官吏也在征发之列，所以官吏们也要买马备车上战场了。而唱歌的人却不敢大声，只能压低嗓子唱几句罢了。

本来收获的季节是应该让人感到幸福与富足的，然而面对大片需要收获的庄稼，女人们不仅要忍受分离和思念之苦，还要勉力承担繁重的农活。但仅靠女人往往难以完成收获，这又意味着来年的困顿，其中的痛苦与无奈自然不难体会。结合历史背景，后人可从这首诗窥见当时朝廷政局的黑暗，社会民生的艰难与痛苦。

伤时与感怀

东汉末年，朝廷政治黑暗，地方军阀战乱不断，人们往往朝不保夕，所以人生无常、及时行乐的思想在社会上十分流行。

箜篌引

公无渡河！公竟渡河！
堕河而死，将奈公何！

这首诗是汉代乐府民歌中最短的一首歌辞，只有16个字，与最长的《孔雀东南飞》同是写夫妻殉情之作。《乐府诗集》将这首诗附在“相和六引·箜篌引”之下。

崔豹的《古今注》中有对这个真实的悲剧故事的记述：

《箜篌引》者，朝鲜津卒霍里子高妻丽玉所作也。子高晨起，刺船而棹。有一白首狂夫，披发提壶，乱流而渡，其妻随而止之，不及，遂堕河而死。于是援箜篌而歌曰：“公无渡河！公竟渡河！堕河而死，将奈公何！”声甚凄怆，曲终亦投河而死。子高还，以语丽玉。丽玉伤之，乃引箜篌而写其声，闻者莫不堕泪饮泣。

弹箜篌者砖雕（五代）

一天早上，子高起来撑船，看到江上有一个白头发的男人，披散着头发发狂似的冲到水流湍急的河边想要渡河，不料却掉到河里淹死了。他的妻子跟着他跑过来，想要制止，但却来不及了，眼睁睁地看着悲剧发生。她于是拿起箜篌哭号："你不要这样渡河！你竟然就这样渡河了！你就这样掉到了河里！我该拿你怎么办啊！"歌唱凄怆不已，唱罢她也随后投水殉夫了。子高回到家把这件事情讲给他的妻子丽玉听，丽玉听了很是难过，就拿起箜篌来吟唱，听到的人都纷纷哭泣落泪。

黄河瀑布

短短四句话，没有任何客观的描述，只有得不到回应的对话，充满了强烈的情绪。诗中的狂夫为何要渡河不得而知，他因何而狂也不得其详，狂夫渡河本就是抱着投河的念头的，也许是生活所迫，也许是家庭、舆论所迫，也许是自身的心理焦虑所迫。四句诗中，句句是妻子的责怪埋怨，又句句蕴含着无限痛惜，直面惨痛的现实，其中的悲怆与无奈直接击中读者内心，感人至深。

后世许多诗人都借《箜篌引》这个乐府古题和古老的渡河故事进行创作，其中最著名的要数“诗仙”李白的《公无渡河》：“黄河西来决昆仑，咆哮万里触龙门。波滔天，尧咨嗟。大禹理百川，儿啼不窥家。杀湍湮洪水，九州始蚕麻。其害乃去，茫然风沙。被发之叟狂而痴，清晨临流欲奚为。旁人不惜妻止之，公无渡河苦渡之。虎可搏，河难凭，公果溺死流海湄。有长鲸白齿若雪山，公乎公乎挂罥于其间。箜篌所悲竟不还。”李白的诗作笔法夸张浪漫，气势磅礴，表现了一种知其不可为而为之的悲剧精神。

长歌行

青青园中葵，朝露待日晞。
阳春布德泽，万物生光辉。
常恐秋节至，焜黄华叶衰。
百川东到海，何时复西归？
少壮不努力，老大徒伤悲。

“少壮不努力，老大徒伤悲”，大概每个人都被师长用这句话教育过，或者自己用这句话教育过别人。诗中这种被时间追逐的紧迫并不是从人事中感受到的，而是来自于对自然变化的感悟。

园子里种着青葱的葵菜，清晨叶子上凝结的露珠等到太阳出来就会被晒干。温暖的春天广布恩泽，带来阳光和雨露，让万物都焕发出生命的光辉。而到了秋天，花叶都会枯黄衰落，因此都害怕秋天的到来。当世界都要沉寂的时候，仍然一事无成是多么恐怖的事情。你看众多的江河都向东流入大海，却不知道什么时候才能向西

赵伯驹《江山秋色图》【局部】（宋）

归去。而生命的流逝也像河流东去一样无法阻止，更无法改变。如果年轻的时候不努力奋斗，等到年纪大了的时候就只能徒然的悲伤悔恨了。

在古代农耕社会中，人们对于自然的贴近让他们能够更好地观察和体悟自然，并且从晨昏的变化、季节的流转中感悟出生命的长久与短暂。对于生活在农耕时代的人们来说，如果不赶早在春天的时候便把握机会辛勤耕作，那么等到秋天没能收获的时候就只好忍饥挨饿了。诗中提倡的是一种敬重自然、顺应自然的时间观念。这是一首极富教育意义的励志诗歌，在一种从生机盎然到万物寂灭的观察中得出了一个相当积极的思考——不能因为时间的易逝就随波逐流，而是要努力认真地生活，不要让自己将来有后悔的时候。

“少壮不努力，老大徒伤悲”，这种谆谆的教诲是在劝诫别人，也是在激励自己，生命的流逝毕竟不同于晨昏、四季的流转，不是周而复始的，而是一去不会复返的。所以，只有及时努力，才能不虚度年华。这首诗歌一韵到底，格式整齐，音韵和美，与其他的汉代乐府民歌有着不同的风格，可能是汉末时代经过文人加工润饰的结果。

乌 生

乌生八九子，
端坐秦氏桂树间。唶我！
秦氏家有游遨荡子，
工用睢阳强，苏合弹。
左手持强弹两丸，
出入乌东西。唶我！
一丸即发中乌身，
乌死魂魄飞扬上天。
阿母生乌子时，
乃在南山岩石间。唶我！
人民安知乌子处？
蹊径窈窕安从通？

白鹿乃在上林西苑中，
射工尚复得白鹿脯。唶我！
黄鹄摩天极高飞，
后宫尚复得烹煮之。
鲤鱼乃在洛水深渊中，
钓钩尚得鲤鱼口。唶我！
人民生各各有寿命，
死生何须复道前后！

《乌生》又名《乌生八九子》，为汉乐府古辞，《乐府诗集》中收入“相和歌辞”。这是一首相当奇特的寓言诗，通过乌鸦母子被弹弓打死的故事，反映了无辜的人被无端欺凌的现实，也抒发了作者对世事险恶的感叹。

诗中写道，乌鸦生了八九个孩子，一齐蹲坐在秦家的桂树枝上。秦家有个顽劣调皮的孩子，拿着睢阳产的硬弓和苏合树脂做成的弹丸在树下玩耍。他左手拿着弓和弹珠，在乌鸦的左右不断徘徊，突然射出一个弹珠，打中了乌鸦妈妈的身体，乌鸦妈妈从树上掉下来，魂飞魄散了。乌鸦妈妈孵化小乌鸦，是在长安附近终南山的岩石间。人们怎么会知道乌鸦在什么地方休憩呢？即便知道，道路是那么的狭窄幽深，又有谁会去辛苦寻找？不过再想想，即便是生长在皇家苑囿上林苑中的白鹿，也逃不过被射杀做成肉脯的命运啊！黄鹄鸟即便能飞到高高的天边，也仍然不免会被帝王后宫烹煮啊！

唐寅《枯木寒鸦图》扇面（明）

鲤鱼悠游在洛水的深潭里，钓鱼的钩子还能够进到它的口中啊！我们这些百姓也是一样的，生下来就注定了寿命的长短，活着或是死去又何必说前道后呢？

如果说乌鸦母子的惨遭杀害还多少带有偶然性的话，结尾所举出的白鹿、黄鹄、鲤鱼的种种悲剧，似乎展现了一个生命无常、充满凶险的世界。无辜者不管躲得多远、藏得多深，都无法逃脱被捕杀和宰割的命运。正如清代论家沈德潜说的“转作旷达，弥见沉痛矣”。偶然的灾祸，扩大为无可逃避的命运。在这首诗写成的西汉中晚期，由于朝廷腐败，酷吏横行，百姓经常受到无端的压迫与欺凌，难免会生出命途多舛、生死无常的感慨。

薤 露

薤上露，何易晞！
露晞明朝更复落，
人死一去何时归！

《薤露》是汉魏时期的一首挽歌，是出丧时牵引灵柩的人所唱，在《乐府诗集》中收于“相和歌辞”。《薤露》和《蒿里》原来本是一首诗，据说出于楚汉争霸时期田横的门客。田横出身于战国时齐国的宗室，秦末战争时一度自立为齐王，后兵败，与五百门客逃于海岛。西汉建立后，田横受到汉高祖刘邦的征召，在前往洛阳的途中因不愿臣服而自杀，他的门客为哀悼他而作了这首挽歌。至汉武帝时，宫廷乐师李延年将其分为二曲，《薤露》送别王公贵人，《蒿里》送别士大夫和庶人。

“薤草上的露水，多么容易就晒干蒸发了！露水干了第二天早上还会有露水下降，人一旦死去就不知道什么时候才能够归来！”这首

草叶上的露水（图片提供：微图）

诗歌运用了与《长歌行》相同的起兴手法，通过感慨露水存在的短暂，来比喻时间的流逝与人的生命的无常，得出了类似的对年华易逝、生命短促的感慨。在不知不觉的平庸和忙碌中，人的一生就要走到尽头了，这是多么令人哀伤的事情。然而更加让人哀伤的是人的生命如同露水一般短暂，却不能如同露水一样“明朝更复落”，一次又一次地重复再生。人的生命只有一次，死去了就再也无法回来了。人生一世不论多么沉重无奈，不论多么辛苦劳累，都是一次开始了便无法暂停的修行，而且是绝无二次的修行，只有珍惜它，努力生活，才不枉这样一个难得的机会。

这首歌谣意义之深远，不只来自于文字与歌唱本身，更与其歌唱的场合有着重要的关系。送丧的人在灵柩前抬着棺材，歌唱着这样一首乍看上去并不特别哀痛，仔细体量却又无比感伤、虚无的歌谣，唱给逝去的灵魂以安抚它，唱给活着的人们以作警醒。在一步步行走中，在一声声歌唱中，唱尽一切生命的苍凉。

蒿 里

蒿里谁家地？
聚敛魂魄无贤愚。
鬼伯一何相催促？
人命不得少踟蹰。

《蒿里》也是一首挽歌，但与《薤露》不同的是，诗人不仅思考受死亡影响的现实世界，更直指死亡这一现象本身，通过设问，想要真正理解死亡的本质。“蒿里是一个什么样的地方？是由谁来掌管的？为何人死后魂魄都会聚集到这里来，不分善恶贤愚、地位高下？鬼伯为什么一定要催促得这样急迫，想要稍微的踟蹰犹豫一下都不能够？”这个时候，人们对于固有的死亡观念似乎产生了一些怀疑。人们尽心供神侍鬼祭祀先祖，却并没有避免灾祸的不断重复上演，许诺的福祉也迟迟得不到兑现。对于死后彼岸世界的想象受到了现实的冲击，人们的质疑在不断加深。于是，诗人不仅思

北京东岳庙泰山府君殿

考死后世界的运行规律，更直接开始思考死亡这个现象本身的意义所在。

蒿里是一座位于泰山之南的小山，先秦以来，泰山神主管生死的说法就见诸经史，而蒿里山也随之被认为是死后魂魄依归的地方。在人世间，等级向来是森严的，绝无公平可言，如果生而贫苦便几乎一辈子都没有翻身的机会，甚至会被不断地逼迫、欺凌，连作为一个人起码的尊严都无法保有。然而神秘的蒿里却是不一样的，那里有着绝对的公平，死亡对于所有人来说都是一样的，并不会因为你在现世中的德行好坏而有所改变，更不会因为你在现世中的财富、地位而区别对待。死亡的公平其实就是自然规则的公平，没有人能超越自然的规则。传说中的鬼伯是什么样的？他为何这样的铁面无私，对任何人都一视同仁？为何求情祷告、威胁利诱都行不通，为

湖南马王堆汉墓出土的T形帛画（西汉）

何人间一切的万能之物，金钱、地位、权势在这里都失去了效用？这种面对死亡的无奈，所生发的既欣慰又恐惧的情绪都在这一个个问题中显露无遗。然而无论是终极疑问，还是只是对死亡本身的发问，诗人在诗歌中都没有给出答案。无论如何，诗人的这番疑问是富于启发意义的，诗人对于公平的看重也留有很强的时代特征。

三国时期，曹操借乐府旧题写下《薤露行》和《蒿里行》，记述了汉末军阀混战的社会现实，尤其是《蒿里行》的最后几句："铠甲生虮虱，万姓以死亡。白骨露于野，千里无鸡鸣。生民百遗一，念之断人肠。"真实而深刻地揭示出百姓的苦难，体现出悲怆愤懑的情调。

《薤露》和《蒿里》都是汉魏时期民间传唱的挽歌，虽然人们不能通过这样的一两首歌谣来还原出整个丧葬仪式的过程，但也能够了解到不少的相关信息。这个时代的人们对于死亡的思考更加深入本质，不再有那么多浪漫的想象。虽然人们依旧遵从传统敬奉鬼神，但对于死后世界的存在，以及先祖能够下降现世的灾祸福祉的观念，则产生了或多或少的怀疑。人们面对不时就会发生在自己身边，甚至降临在自己身上的死亡，恐惧的同时也产生了无奈与麻木的情绪，随之而来的便是更多的虚无感。

生年不满百

生年不满百，常怀千岁忧。
昼短苦夜长，何不秉烛游！
为乐当及时，何能待来兹？
愚者爱惜费，但为后世嗤。
仙人王子乔，难可与等期。

这首诗是《古诗十九首》之一，诗歌的主题是劝诫人们不要吝惜财富，要及时享受现世的欢乐。

人这一辈子活在世上通常也不到百年的时间，心里却总是特别无聊地记挂着千万年后的忧愁，这是何苦呢？总是苦恼白天太短，不足以玩乐，那么为什么不拿着烛火照亮夜晚继续行乐呢！享受要及时在当下，为什么要等待来年下一次呢？愚蠢的人爱惜钱财，不愿意花费钱财玩乐，只会被后世的人嗤笑他的愚蠢。像王子乔一样飞升成仙，并不是每个人都能期待的事情。

马麟《秉烛夜游图》（宋）

秦汉时期，神仙信仰非常盛行，从秦始皇到汉武帝，许多帝王都为求仙问药干过许多蠢事。汉代的平民也津津乐道于王子乔乘鹤成仙的传说。王子乔是东周灵王的太子，“好吹笙作凤凰鸣”，有方士浮丘公接他入嵩山修炼。三十余年后，王子乔乘白鹤驻山头，举手向人告别，升天而去。在汉乐府诗中也有“王子乔，参驾白鹿云中遨。下游来，王子乔”的热切呼唤。但这种得遇神仙的期待，到了苦闷的汉末，也终于被发现只是一场空梦。《驱车上东门》中就有“服食求神仙，多为药所误。不如饮美酒，被服

王子乔吹笙引凤纹铜镜（唐）

纨与素”的诗句。所以说“仙人王子乔，难可与等期”，成仙也只能是落空的幻想。

人生短暂，过好当下的每一天才是重要的，哪有那么多的忧愁整日烦扰。尤其是有闲有钱的富贵人家子弟，并不需要为生命和生计辛苦操劳，何必天天总是无病呻吟、庸人自扰。“秉烛夜游”当然是一种夸张的说法，也代表这种行乐思想的极致，夜以继日地享受当下的幸福，正是潜意识中认为生命安全没有保障的突出表现。生逢乱世，富贵人家的子弟为了保全生命往往需要寄情山水，而有些富贵人家只注重财富的积累，在动荡的政坛上特别的活跃，往往会招致灾祸。因此，及时行乐不仅是虚无的生命观念阐发出的理念，也是现世社会的需求所在。因此这样的观念在当时也就更加普遍地被接受。

驱车上东门

驱车上东门，遥望郭北墓。
白杨何萧萧，松柏夹广路。
下有陈死人，杳杳即长暮。
潜寐黄泉下，千载永不寤。
浩浩阴阳移，年命如朝露。
人生忽如寄，寿无金石固。
万岁更相送，贤圣莫能度。
服食求神仙，多为药所误。
不如饮美酒，被服纨与素。

《驱车上东门》这首古乐府也是从生死观念中阐发出及时行乐思想的歌谣。“驾着车来到东门上，远远地望着城北邙山上的墓地。白杨发出萧萧声响，松柏植满了道路的两旁。树下埋有很多死去多

今日北邙山（图片提供：微图）

年的人，已经在黄泉下沉睡了很久，今后千年也永远不能醒来。太阳朝起夕落，日月阴阳转移，人生面对永恒的时间就如同朝露一般短暂。人的寿命没有金石般的长久坚固，忽然就会遭受灾祸命不久矣。岁月自古以来就不断更迭，即便是圣贤也不能超越时间的原则。很多服药修仙的人往往被丹药所耽误，不如就享受人间的美酒和华服，也是很惬意的。”

诗中所说的北邙山位于今河南省洛阳市北，是秦岭山脉的余脉。山高海拔 300 米左右，东西横亘数百里。根据传统的风水之说，北邙山是风水绝佳的宝地，自东汉以来就是洛阳人的墓地，历史上许多王公将相都选择死后安息于此。山中现存墓葬的名人有秦相吕不韦、汉光武帝刘秀、西晋司马氏、南朝陈后主、唐朝诗人杜甫、唐朝书法家颜真卿等。而历代诗人也写下了许多与北邙山有关的诗篇，如晋代张载的《七哀诗》：“北邙何垒垒，高陵有四五。借问谁家坟，皆云汉世主。”还有唐朝诗人沈佺期的《北邙山》：“北邙山上列坟茔，万古千秋对洛城。城中日夕歌钟起，山上惟闻松柏声。”

诗人面对北邙山上的墓地，从这些沉睡地下永远无法醒来的人们，联想到自己的生命也终将有一天迎来终结，一种生物本能的恐惧油然而生。死亡对于每一个人都是公平的，无论生前是如何贫穷饥饿、风餐露宿，或是如何壮怀激昂、指点江山，故去以后都会化作白骨、化为尘土。让一个活生生的人接受自己终将化为尘埃，终将被抹去存在过的一切痕迹，终将被遗忘，终将被淹没在历史的洪流中，是一件多么可怕的事情。然而修行成仙长生不老只是美好的想象，成就一世功名、垂名青史在那个混乱的时代也是难以实现的。还是不要思考这些令人哀伤的事情吧，不如就这样穿着华美的衣服，畅饮着醇香的佳酿，就这样沉迷、忘记。

然而“抽刀断水水更流，举杯消愁愁更愁”，及时行乐并不能获得真正的快乐和解脱，只是一种无可奈何的选择。许多受过良好教育，有着出色才能的世家子弟出于避祸的考虑，不仅不能在政治上展现自己的才能，还要掩盖自己的光芒，甚至需要不时地装疯卖傻，何等的荒谬可笑。这样的虚无消极，当然是可以理解但并不令人赞同。这样的人生也许安全、潇洒，却并不快乐。而那种积极乐观的生活态度，有着足够的自信顺应潮流，看淡生死的态度，才更加值得欣赏。

龟虽寿

神龟虽寿，犹有竟时。
腾蛇乘雾，终为土灰。
老骥伏枥，志在千里；
烈士暮年，壮心不已。
盈缩之期，不但在天；
养怡之福，可得永年。
幸甚至哉，歌以咏志。

《龟虽寿》是汉末文学家曹操所作组诗《步出夏门行》中的一首。《步出夏门行》原是汉乐府古辞，曹操借旧题作新诗，共有四首，《龟虽寿》是第四首。

这组诗当作于建安十二年（207）曹操北征乌桓得胜回师的途中。东汉末年，正当各地军阀逐鹿中原时，辽西一带的少数民族乌桓逐渐强盛起来，时常南下侵扰，攻城掠地，成为严重的边患。建安十年（205），曹操摧毁了袁绍在河北的根基，袁绍呕血而死，其子袁谭、袁尚逃到乌桓，勾结乌桓贵族多次入塞为害。曹操于建安十二年夏率军北征乌桓，于九月胜利回师。在途经碣石等地时，他借乐府《步出夏门行》旧题，写下了这流传千古的组诗。

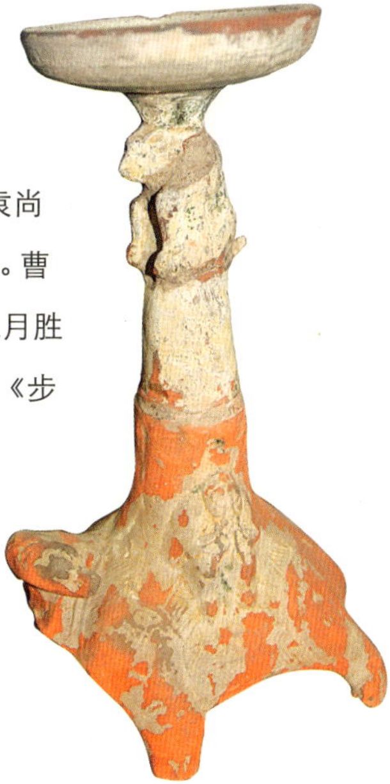

红陶绿釉龟驮熊灯（汉）

《龟虽寿》诗中说，神龟的寿命虽然非常长久，但也终究会有完结的时候。腾蛇尽管能乘云驾雾，自由飞行，终究也会死亡化为灰烬。年老的千里马伏在马槽边，但仍然心怀着一日驰骋千里的雄心壮志。志向远大的人士即使到了晚年，奋发思进的雄心也不会止息。人的寿命长短不全是由上天决定的，只要自己保养得好，也可以益寿延年。可谓是幸运至极，用歌唱来表达自己的思想感情吧。

《韩非子·难势篇》记载：“飞龙乘云，腾蛇游雾，云罢雾霁，而龙蛇与螾蚁同矣！”“腾蛇”和龙一样，本领不可谓不大，然而一旦云消雾散，就会和苍蝇、蚂蚁一样，灰飞烟灭了。古来雄才大略之主如秦皇汉武，亦不免于神仙长生之术的蛊惑，服药求仙。而独曹操对生命的自然规律有清醒的认识，这在谶纬迷信猖炽的时代是难能可贵的。更可贵的是他如何对待这有限的人生。曹操自比一匹上了年纪的千里马，虽然形老体衰，屈居枥下，但胸中仍然激荡着驰骋千里的豪情。他首先讲尊重自然规律，人总是要死

明孝陵神道边的石马

的；接着讲人在有限的生命里，要充分发挥主观能动性，去积极进取，建功立业。一个人寿命的长短虽然不能违背客观规律，但也不是完全听凭上天安排。如果善于保养身心，使之健康愉快，也是可以延年益寿的。

据《世说新语》记载，东晋时重兵在握的大将军王敦，每每在宴会上饮酒之后，就爱吟诵曹操的“老骥伏枥，志在千里。烈士暮年，壮心不已”，还以如意击打唾壶为节，打得壶口沿上都是小缺口。